Stefanie Dörr

Lenas geheimes Wunschbuch

Von unerklärlichen Schulhofkatastrophen,
oberpeinlichen Liebeserklärungen
und besten Freundinnen in Not

Weitere Titel von Stefanie Dörr im Arena-Taschenbuch:
Lilly sucht die Superfreundin (Band 50458)
Majas total verdrehte Welt (Band 50339)

Weitere Titel in der Reihe:
Lenas urlaubsreifes Wunschbuch. Viele Grüße aus dem Chaos.
Lenas verliebtes Wunschbuch. Glücklich hoch zwei

Stefanie Dörr,
1967 in Stuttgart geboren, studierte Betriebswirtschaft und arbeitete jahrelang in Werbung und Marketing, bevor sie sich als freie Texterin und Beraterin selbständig machte. Heute lebt sie mit ihrer Familie in Frankfurt am Main und schreibt Romane für Kinder und Jugendliche.

Stefanie Dörr

Lenas geheimes Wunschbuch

Von unerklärlichen Schulhofkatastrophen,
oberpeinlichen Liebeserklärungen
und besten Freundinnen in Not

Arena

FSC
www.fsc.org
MIX
Papier aus verantwortungsvollen Quellen
FSC® C022125

1. Auflage als Sonderausgabe 2013

Umschlaggestaltung: Frauke Schneider
Umschlagtypografie: knaus. büro für konzeptionelle und visuelle identitäten, Würzburg
Gesamtherstellung: Westermann Druck Zwickau GmbH
ISSN 0518-4002
ISBN 978-3-401-50492-6

www.arena-verlag.de
Mitreden unter forum.arena-verlag.de

KAPITEL 1

Himmel, war Lena froh, für heute der Schule entkommen zu sein. Sie ließ Goethe am Rande der Hundewiese von der Leine und hielt genau wie er die Nase in die Frühlingsluft – eindeutig ein Zeichen, dass sie seelenverwandt waren. Hier im Stadtpark roch es an jeder Ecke verlockend nach Blumen, blühenden Büschen und Bäumen. Nur gut, dass sie keinen Heuschnupfen hatte. Die halbe Klasse saß mit roten Augen und tropfenden Nasen im Unterricht und die ebenfalls verschnupften Lehrer ließen ihre schlechte Laune an denen aus, die fröhlich nach geöffneten Fenstern verlangten. Aber Goethe und sie hielt bei so einem Kaiserwetter nichts zu Hause. Na gut, Goethe hielt auch bei zehn Grad minus und steifem Nordostwind nichts zu Hause. So ein großer Hund wie er gehörte eben nicht in eine Stadtwohnung, sondern raus aufs Land, dorthin, wo Lena, ihre Mutter und Goethe auch gewohnt hatten, bevor . . . ach, das war alles so schrecklich kompliziert.

Mit geübtem Blick suchte sie die Wiese ab. Da, ganz hinten bei den Rhododendronsträuchern, wackelten ein paar Äste und grauweißes Fell blitzte zwischen den Blättern hervor. Dort hatte sich Goethe also ein Plätzchen gesucht, um sein Hundegeschäft zu erledigen. Super, dann hatte sie keine Arbeit damit, von wegen Wegräumen und so. Zum Thema »eklige Häufchen entfernen« konnte sie nämlich ganze Sammelbände füllen, mit Bildmaterial, wenn es sein musste. Am peinlichsten war es, wenn sich Goethe direkt neben einer Parkbank oder noch besser, neben der Babyrutsche, erleichterte und sie sich dann unter den bösen Blicken von Eltern, Spaziergängern oder Omis die Plastiktüte über die Hände stülpen durfte, um die garstige Hinterlassenschaft zu entfernen. Nee danke, dann schon lieber Rhododendron. Nach getanem Werk schoss Goethe mit der Wucht eines Kleinlasters auf sie zu, verpasste es, rechtzeitig zu stoppen, und riss sie fast zu Boden: »Pass doch auf, du Riesenvieh«, rief sie gutmütig, »du bekommst ja deine Belohnung.« Während Goethe hechelnd vor ihr saß und mit dem Schwanz den Boden fegte, kramte sie in ihrer Tasche nach den Hundegoodies. Kaum herausgefischt, waren sie auch schon in den grenzenlosen Tiefen seines Magens verschwunden, und Goethe sprintete weiter auf der Suche nach spannenden Neuigkeiten und hübschen Hundedamen, pflügte durch ein Tulpenbeet und tauchte mit einem kräftigen Niesanfall wieder auf.

»Ha«, lachte Lena, »du auch? Weißt du was? Bald niest die ganze Stadt und ich bin die Einzige, die sich über den Frühling freut!«

Irgendwie gefiel ihr die Idee. Wenn das so weiterging, würde bald alle Welt schniefend zu Hause liegen und sie könnte sich hier im Park mit Goethe ein paar schöne Tage machen. Und natürlich gäbe es schulfrei. Sie grinste und kickte gedankenverloren einen dicken Kiesel vor sich her. Nicht, dass sie ungern zur Schule ging. Aber selbst nach einem halben Jahr war sie noch »die Neue« und hatte keine richtigen Freundinnen gefunden. Sicher lag es auch an ihr. Sie hatte ein toughes Tagesprogramm zu absolvieren und daran war der haarige Typ an ihrer Seite nicht ganz unschuldig. Goethe brauchte eher einen Vollzeit-Hundesitter als eine Dreizehnjährige, die unter Bergen von Hausaufgaben begraben wurde und neben der Schule noch regelmäßig zum Cello-Unterricht ging. Und abhängen, chatten oder telefonieren, das musste eben auch sein. Aber ein bisschen lag es auch an ihren Mitschülerinnen, die so gar nicht auf ihrer Wellenlänge lagen und sie deutlich spüren ließen, dass sie, das Mädel von außerhalb, in allen ultimativ wichtigen Bereichen hoffnungslos hinterherhinkte. Klamottenmäßig zum Beispiel. Es war ihr ein Rätsel, wie es die Mädels aus ihrer Klasse schafften, immer genau dann bei *Hollister* aufzukreuzen, wenn eine neue Lieferung anstand. Sie hatte nur eine einzige Jogginghose des angesagten Labels und die war aus der vorvorletzten Kollektion. Natürlich war sie auch nicht in der hippen Musical-AG der Schule. Wie auch, wenn es keine freien Plätze mehr gab und sie dafür sowieso keine Zeit hatte. Der Kiesel bekam einen besonders kräftigen Kick und flog in hohem Bogen in das Blumenbeet. Blödes Thema.

Normalerweise hätte Lena nie irgendetwas aufgehoben, das einfach so auf dem Boden herumlag. 99 % der Dinge, die man sah, waren auch so eklig, dass sie im Leben nicht daran gedacht hätte, sich danach zu bücken. Aber den schillernden Gegenstand, der da am Wegrand zwischen den Tulpen blitzte, den musste sie sich einfach genauer anschauen. Vermutlich hätte sie ihn nie bemerkt, wäre der Kieselstein nicht genau dort gelandet, wo Goethe durch das Beet gerannt war und einige Blumenstängel umgeknickt hatte. »Na gut«, dachte sie nach kurzem Zögern, »wenn du schon einmal hier herumliegst und mich so anfunkelst . . .« Schnell hob sie das Ding auf.

Ach, nur ein ganz normaler Kugelschreiber, welch Enttäuschung! Aber was hatte sie schon erwartet? Ein vergessenes Osterei? Ein wertvolles Schmuckstück? Immerhin sah er hübsch aus und war so sauber, dass er noch nicht lange hier gelegen haben konnte. So einen hatte niemand in ihrer Klasse: himmelblau mit goldenen Blümchen, die allesamt einen winzigen roten Glitzerstein in ihrer Mitte hatten. Ein besonders großer Stein funkelte oben auf dem Drücker. Eigentlich ziemlich kitschig, fand sie. Aber doch irgendwie schön. Lena seufzte. Jetzt hatte sie den Stift schon aufgehoben, dann würde sie ihn auch mitnehmen. Zu Hause ein wenig sauber machen, alle Gedanken an pilzige Keime und fremde Schmuddelhände verdrängen und fertig. Sie ließ den Stift in ihre Jackentasche gleiten und pfiff nach Goethe. Der umwarb eine sportliche Schönheit, die ihn grazil umtänzelte. Man sah ihm an, dass er zu gerne an ihrem superschlanken Hinterteil geschnuppert hätte, das sie ihm immer wieder mit einem neckischen Schlenker entzog. Entzückt ließ er sich über die Wiese locken, blind gegenüber ihrer lächerlichen Aufmachung. Lacklederne Hundekappe, Strass-Mäntelchen und Hundesonnenbrille – es sprach eindeutig gegen ihren Charakter, dass sie so etwas zuließ. Dagegen war Goethe ein echter Naturbursche mit viel Fell, einem schweren, massigen Kopf und einer großen, stumpfen Schnauze als einzigem Schmuck. Er war ein Mischling aus Golden Retriever und Bobtail, was seine Haarpracht und seine Gutmütigkeit erklärte. Und nur wegen letzterer löste er sich jetzt schweren Herzens von seiner Verehrtesten und tapste zu Lena, als diese nach ihm pfiff.

Zu Hause, in der Dachgeschosswohnung des schicken Stadthauses, versorgte sie ihn schnell mit seinem Lieblingsfutter und unterzog dann den Stift einer gründlichen Reinigung. Sogar die Mine war noch brauchbar und musste nicht ausgewechselt werden. Gedankenverloren betrachtete Lena das funkelnde Prachtstück. Wer so etwas Schönes verlor, war sicherlich schrecklich traurig. Kurz überlegte sie, den Stift zurückzubringen, doch plötzlich, als hätte das Blitzen der Funkelsteine mitten in ihre Gedanken getroffen, wusste sie, warum sie den Stift behalten wollte. Himmelblau, Blümchen und bunte Steinchen? Das kam ihr eindeutig bekannt vor. Wo nur hatte sie das Muster schon einmal gesehen? Planlos begann sie, sich durch ihre Schreibtischschublade zu wühlen. Ihr Blick glitt über das Regal und die Buchrücken. Nichts. Viel Himmelblau, aber keine Blümchen mit Glitzerzeugs. Nur das Urlaubsfoto mit Tante Pi. Pi wie PI-stazieneis, PI-na Colada oder PI-ranha, je nach Stimmung, sagte Tante Pi immer. Eigentlich hieß ihre Tante ja Pitrinalotta, aber Lena verstand das mit den Abkürzungen. Immerhin hieß sie selbst Valentina. Völlig alltagsuntauglich, wie sie fand.

Tante Pi ... Herrje, das Notizbuch! Als sie ihre Tante letztes Jahr an der Nordsee besucht hatte, hatte die ihr in einem der unzähligen Souvenirshops ein Notizbuch gekauft. Blau mit Muster. »Ich weiß, ihr schreibt alles nur noch mit dem Computer, aber die wirklich wichtigen Dinge verdienen es, per Hand festgehalten zu werden«, hatte Tante Pi gesagt und Lena sah ihr verschmitztes Lächeln noch genau vor sich. Kein Tagebuch sollte es sein, dafür war es auch viel zu klein. Verflixt, es war so klein, dass sie es fast vergessen hatte. Es war ja auch nichts wirklich Wichtiges passiert, seit sie das Buch bekommen hatte. Der Umzug, die neue Schule, das neue Leben ohne Papa, das war doch alles normal, oder? Tausend Mädels in ihrem Alter erlebten das

Gleiche. Seufzend begann sie, einen der vielen Umzugskartons durchzusehen, die noch in der Wohnung herumstanden. Das Miststück von Buch musste doch irgendwo sein. Ihr begegneten viele andere Bücher, vor allem Kinderbücher, von denen sie sich nicht hatte trennen können, alte Schulhefte und Tonnen von Zeichnungen und Kunstwerken vergangener Jahre. Wahrscheinlich würde sie diesen Karton das nächste Mal im hohen Alter von siebenundsiebzig mit zittrigen Fingern öffnen und in Erinnerungen schwelgen, als hätte sie das lange verschollene, skandalumwitterte Erbe von Miley Cyrus entdeckt. Im zweiten Karton war Krimskrams. Erinnerungen an Urlaube, Figuren aus Überraschungseiern, die sie mal gesammelt hatte, Plüschtiere und – herrje, schnell wieder zumachen, dachte sie. Also der dritte. Ups, da war ja das vermisste Jahresticket für die Busfahrten zu ihrer alten Schule. Huch, und ein Foto von Papa, Mama und ihr vor ihrem Reihenhäuschen. Mit Rasenmäher und Goethe. Sie grinsten alle ein wenig schief – bis auf Goethe und den Rasenmäher natürlich – weil die Nachbarin unbedingt dieses Foto hatte machen wollen. Damals hatte der Haussegen schon ziemlich schiefgehangen. Sie legte das Foto eilig zur Seite, darunter blitzte es golden und himmelblau. Schnell nahm sie das Notizbuch heraus. Das Büchlein. Es war wirklich klein, nur wenig größer als eine Postkarte, dafür aber quadratisch. Aber siehe da, es passte zu dem Stift, ihre Erinnerung hatte sie nicht betrogen. Himmelblau mit Blümchen und Glitzersteinen in Rot. Na, also das war ja wirklich merkwürdig. Unschlüssig steckte sie den Fundstift an das Notizbuch. Wie füreinander gemacht. Ein bisschen unheimlich fand sie es schon, dass sie ausgerechnet hier im Park einen Stift gefunden hatte, der zu genau diesem Notizbuch passte. Aber vielleicht waren die Stücke eben doch nichts Besonderes, sondern Massenware, die man überall bekommen konnte. Sie musste kichern, als sie daran dachte, wie sie ihrer Freundin Lilli von besagtem Nordseeurlaub eine besonders hübsche Dose, bestickt mit winzig kleinen Perlen und Muscheln, mitgebracht hatte. Lilli war in schallendes Gelächter ausgebrochen und hatte ihr haargenau das gleiche Döschen gezeigt – ein Mitbringsel aus dem letzten Mallorca-Urlaub. Vermutlich war es bei himmelblaublumigen Notizbüchern mit passendem Stift genauso. Sorgfältig legte sie das Set beiseite.

Ihre Zimmertür wurde aufgestoßen, Goethe trottete herein und legte sich schwer atmend vor das geöffnete Fenster in die Sonne. Dann begann er, sich lautstark zu säubern, schleckte an Pfoten und Geschlechtsteil, versuchte, seine Ohren zu erreichen, und brachte mit seinem kräftigen Niesen die Staubkörnchen im Sonnenlicht zum Tanzen.

»Mann, Goethe, bist du eklig, ich kann gar nicht nachdenken. Jetzt hör sofort mit dem Geschlabber auf, sonst fliegst du raus, ist das klar?« Goethe betrachtete sie prüfend, zog sich ein letztes Mal die Zunge über die Nase und sank ächzend in sich zusammen. Mittagsschlaf. Bis zum nächsten Spaziergang oder zur nächsten Mahlzeit.

Lena konnte froh sein, dass sie den Ausblick zur Straße hin hatte. Von ihrem Zimmer hier oben konnte man gerade über die Dächer der gegenüberliegenden Villen in den Park schauen, in dem sie jeden Tag mit Goethe spazieren ging. Ihren Schreibtisch hatte sie so gestellt, dass sie immer nach draußen schauen konnte, dann fühlte sie sich fast wie in ihrem alten Haus, von dem man eine prima Aussicht auf Wiesen und weiter entfernte Wälder gehabt hatte. Jetzt seufzte auch sie. Klar war ihr Häuschen mit dem großen Garten viel zu unpraktisch gewesen, nachdem Papa ausgezogen war. Mama war sowieso fast nie da gewesen und ständig in die Stadt gefahren und sie selbst hatte jeden Tag einen viel zu langen Schulweg mit dem Bus hinter sich bringen müssen. Jetzt konnte sie auf eine Schule um die Ecke gehen und ihre Mutter brauchte nur noch zehn Minuten, um ins Büro zu fahren. Echt praktisch. Lena war einfach kein griffiges Gegenargument eingefallen. Außer Goethe, ihrer besten Freundin Lilli, natürlich auch Louisa, Anne und Sina, ihrem tollen Garten und ein paar Tausend schöner Erinnerungen wie Picknicks in den Obstbaumwiesen, vertrödelter Schulwege und Abenteuer am Bach. Aber gegen Mamas Begründungen wirkte das alles wie gefühlsduseliger Schrott.

Denn Lenas Mutter arbeitete oft bis spätabends, sodass sie nicht noch einen langen Heimweg auf sich nehmen wollte. Musste Lena doch verstehen, oder? Tja, und dann waren sie hier gelandet. Schicke Wohnung in bester Lage, Tiefgarage, Haustiere erlaubt, ein großer Park vor der Tür und, wie ihre Mutter gerne betonte, alles in der Nähe, was der Mensch so braucht. Lena hätte viel lieber einen Wald in der Nähe gehabt. Goethe sicher auch. Oder Felder, da musste man wenigstens keine Hundehäufchen entfernen. Oder noch besser, einen See. Nicht so eine Kloake, wie sie im Park vor sich hin dümpelte. Schauerlich. Lieber nicht daran denken, was da alles drin herumschwappte. Goethe war einmal zu einem Badeausflug entwischt und hatte ihr stolz seinen Fang präsentiert: eine offensichtlich gebrauchte Höschenwindel. In seinem Fell hatten sich zudem ein toter Frosch und ein String-Tanga verfangen. Seitdem versuchte sie mit allen Mitteln, ihn vom Wasser fernzuhalten.

Lenas Blick fiel wieder auf das Notizbuch. Na gut, das war ja schon ein unglaublicher Zufall, wie sie den passenden Stift zu Tante Pis Büchlein gefunden hatte, dann sollte sie wohl auch mal was reinschreiben. So etwas war Schicksal, dem musste man sich fügen. Nur was? Sie grübelte. Wie gesagt, es passierte ja nicht allzu viel in ihrem öden Leben. Wen interessierten schon ihre Hausaufgaben oder Spaziergänge mit Goethe? Nicht einmal sensationelle Treffen mit Freundinnen konnte sie vorweisen. Und für ihre alltäglichen Sorgen und Nöte hatte sie Lilli und ihr Chatforum oder das Telefon. Ach, Lilli. Sie musste ihr unbedingt von dem Stift erzählen. Nachher.

Lena grübelte weiter. Erst mal klein anfangen. Vorsichtig nahm sie den Stift und begann zu schreiben. Ganz einfach. Sie berichtete, wie heute Stift und Notizbuch zusammengefunden hatten. Und plötzlich ging es wie von selbst und die Worte flossen aus ihr heraus. Ohne abzusetzen, schrieb sie weiter, dass sie Lilli vermisste, dass sie sich eine Freundin hier in der Stadt wünschte, doch die Mädchen in ihrer Klasse irgendwie anders waren, dass sie den Draht zu ihnen nicht finden konnte und wollte. Sie philosophierte eine Weile darüber, wie eine gute Freundin zu sein hatte. So wie Lilli eben. Ein Mädchen mit großem Lachen und großem Herzen. Eine Tiernärrin, die ihre Energie nicht nur für Klamotten, Fernsehen und simsen aufwendete, sondern für ihr Pferd und ihre umfangreiche Waisentiersammlung. Eine, die nie schlapp in der Ecke hing, sondern immer Lust auf Abenteuer und Blödsinn hatte. Eine, mit der man Kuchen backen konnte und unter dem Apfelbaum liegen und von gewonnenen Turnieren und wunderschönen Vampiren träumen konnte; die Bücher verschlang anstelle von Modezeitschriften und Jelly Beans anstelle von probiotischen Powerriegeln.

Goethe wackelte mit den Ohren, als würde ihn die

Sonne kitzeln, hob ein wenig den Kopf und nieste, dass die Spucke spritzte. Schon wieder.

»Oh, jetzt fliegst du aber wirklich raus«, schimpfte sie und betrachtete missmutig die kleinen nassen Tröpfchen, die das bodentiefe Fenster sprenkelten. Unwillkürlich musste sie wieder an den Heuschnupfen und ihre Sehnsucht nach ein paar schulfreien Tagen denken und sie beschloss, wenigstens auf dem Papier ihren Schulfrust in Schullust umzuwandeln. Ihr gefiel die Idee, die komplette Schwarzenstein-Schule niesen zu lassen. Und Frau Markert, die ihr einen fünfseitigen Aufsatz aufgedrückt hatte, würde eine besonders rote Nase bekommen. Nur weil sie mit Celine gequatscht hatte. Na ja, nicht direkt gequatscht, sondern Lösungsvorschläge diskutiert. Während eines Tests, o. k., aber der wurde ja nicht einmal benotet. Auf jeden Fall war der ganze Nachmittag futsch, weil der Aufsatz schon morgen fällig war. Lena stöhnte. Das Notizbuch musste warten, Frau Markert hatte Vorrang.

Tatsächlich musste es sogar noch länger warten als gedacht, denn sie saß noch immer an ihrer Strafarbeit und malträtierte ihr armes Gehirn, als das leise Klacken der Haustür ertönte. Goethe wackelte nicht einmal mit den Ohren. Toller Wachhund.

»Schahatz«, rief ihre Mutter. Jetzt schon? Lena schaute zweimal auf die Uhr. Himmel, Frau Markerts Aufsatz hatte ihr mehr Zeit geklaut, als sie gedacht hatte. Und normalerweise war Mama doch nie so früh zu

Hause. Das lag an ihrem Job. Sie leitete eine Werbeagentur. So wie Mama das immer betonte, war das Begründung genug für alles. »Schatz, ich leite eine erfolgreiche Werbeagentur, wie du weißt, da muss man eben auch verzichten können.« Mama verzichtete auf Zeit mit Lena und Lena auf Zeit mit ihrer Mutter, ob sie konnte, wollte oder nicht. Na ja, sie war ja kein Baby mehr. Ihre Mutter musste schrecklich oft zu Veranstaltungen oder Abendeinladungen mit Kunden und manchmal kam sie abends nur kurz nach Hause, duschte, zog sich um, schwatzte mit Lena und verschwand wieder. Also war Lena viel allein. Mit Goethe zwar, also nicht ganz allein, aber trotzdem. Papa hatte vorgeschlagen, dass Lena in ein Internat gehen könnte. Das wäre dann der Gipfel des Praktischen für die ganze Familie, sozusagen, aber auch deren Ende irgendwie. Außerdem ging das ja gar nicht. Wegen Goethe. Hatte irgendjemand mal an Goethe gedacht? Tierheim? Hallo? Also, nee.

»Mama, bist du's?«, fragte sie vorsichtig.

»Wer sonst? Wir sind zum Essen eingeladen, ich muss mich nur noch frisch machen und dann kann es losgehen. Hast du was Vernünftiges an?«

»Du meinst, du bist eingeladen, oder?«, fragte Lena nach. Goethe hatte sich inzwischen erhoben und mit gemächlicher Ruhe sein selten anwesendes Zweit-Frauchen begrüßt.

»Nein, wir gehen zusammen hin, dann bekommst du

wenigstens mal wieder etwas Gescheites auf den Teller.«

»Ich habe in der Schule gegessen.«

»Sag ich doch. Es geht zu Ferdinando, da musste ich einfach fragen, ob noch ein Plätzchen für dich frei ist.«

Oh, welch Freude! Mama allein auf Abendeinladungen war ja schon schlimm, ganz schrecklich war es aber, wenn Lena mitkommen sollte. Lauter Kollegen und Kunden und Oldie-Gesprächsthemen rund um Kollegen, Kunden, Wirtschaft und Politik – und natürlich ein paar lustige Scherze mit Lena. »Na, wann übernimmst du denn die Agentur?« oder »Da haben wir ja unsere Juniorchefin«. Und: »Ach, deine Tochter ist ja eine richtige Dame.« Öde. Aber Ferdinando war um die Ecke und hatte den Vorteil, dass sie sich nach oder, wenn es zu lange dauerte, während des Essens verdrücken konnte, bevor sie vor Langeweile und Müdigkeit mit dem Kopf ins Dessert oder in einen Stinkekäse plumpste. Außerdem wollte sie heute noch diese Schnupfengeschichte aufschreiben, es hatte sich ein ganzer Berg toller Ideen in ihr angesammelt, der unbedingt zu Papier gebracht werden musste. Sonst würde sie platzen wie Old Faithful, der gigantische Geysir im Yellowstone Park. Oder sie würde bis morgen wieder alles vergessen haben. Und genauso machte es Lena dann auch. Beendete in Windeseile Frau Markerts Aufsatz, absolvierte souverän die Abendeinladung mit Mama und verkrümelte sich von der feinen Gesellschaft, nachdem sie anstandsweise bis knapp nach dem Dessert durchgehalten hatte.

Kaum zu Hause, schmiss sie sich wieder an den Schreibtisch und legte los. Wie erwartet machte ihr das Schreiben Spaß. Und mit dem neuen Fundstift ging es wie von selbst. Sie füllte drei Seiten mit der Beschreibung der Schnupfenepidemie; allein vier Sätze brauchte sie, um genüsslich deren Ausmaß bei Frau Markert zu schildern. Die bekam verquollene Augen wie Mama nach dem vierten ihrer geliebten Liebesfilme, eine rote Nase wie Rudolph das Rentier und Niesanfälle, dass sich die Bäume bogen. Einige Klassenkameraden konnten kaum mehr aus den Augen gucken und die Papierkörbe der Schule liefen über vor weißen Knäueln, als seien sie verzauberte Popcorntöpfe mit Endlosproduktion. Am Schluss klappte sie das Buch zu, dehnte und streckte sich und stellte erstaunt fest, dass es schon Mitternacht war und damit – abgesehen davon, dass ihre Mutter noch nicht zurückgekommen war – höchste Zeit für die Kiste.

Und dann kam der Schnupfen. Komischerweise nicht bei Lena, aber sie stand am nächsten Morgen mit ausschließlich schnäuzenden Menschen vor der Schule, die vor lauter Niesen kaum ein Wort sagen konnten, tränende Augen hatten und Kopfschmerzen, weil einige zur Nebenhöhlenentzündung neigten. Sie saß als einzige Nicht-Niesende mit ihren gequälten Mitschülern in ihrem Klassenzimmer, bis der Schulleiter mit verheulten Augen kam und sagte: »Der Unterricht fällt heute aus, weil – hatschi – sämtliche Schüler und Lehrer – hatschi – an Schnupfen erkrankt sind. Wir – hatschi – sehen uns in zwei Tagen wieder.«

Lena staunte nicht schlecht. Eine Schulschließung aufgrund von Schnupfen? Zufälle gab es, das war schon merkwürdig. Die Schule würde vom Gesundheitsamt untersucht werden, flüsterte man sich zu, man befürchtete einen terroristischen Anschlag oder zumindest eine Lebensmittelvergiftung. Pah, Blödsinn, immerhin ging es ihr ja glänzend. Sie beschloss, die zwei schulfreien Tage zu genießen und ein wenig zu entspannen. Immerhin war sie anscheinend die Einzige, die nicht an einer laufenden Nase litt. Aber als sie Frau Markert über den Weg lief, stockte ihr der Atem. Die Arme hatte es ganz besonders hart getroffen, haargenau so, wie Lena es beschrieben hatte. Sie war nahezu nicht wiederzuerkennen. Ihre Nase leuchtete wie die Glühbirnen einer Biergartengirlande, ihre Augen schienen verschwunden zu sein und sie wurde von einem derartigen Niesen geschüttelt, dass sie sich am Türrahmen festhalten musste, um nicht zu Boden gerissen zu werden. Konnte das noch ein Zufall sein? Und all diese überquellenden Mülleimer! Die erschienen Lena wie ein Déjà-vu, eines dieser Erlebnisse, die einem so vertraut waren, dass man sie schon einmal gehabt zu haben glaubte. Das alles war in der Tat ziemlich befremdlich.

Wenn Lena nicht weiterwusste oder Zeit zum Grübeln brauchte, wanderte sie zu ihrem Lieblingsnachdenkeort. Der war ihr allerdings ein wenig peinlich und sie hatte noch nie jemandem davon erzählt. Nicht einmal Lilli. Gut, Pfarrer Hering wusste es. Wäre ja noch schöner gewesen, wenn er jede Dahergelaufene in sein Gotteshaus und dort stundenlang herumhocken ließe, ohne mal nachzufragen, was denn so anstand. Lena hatte sich in die kleine Kirche verliebt, als sie mit ihrer Mutter zum Weihnachtsgottesdienst hergekommen war. Die wäre gerne in den riesigen Dom gegangen, doch Lena fand es hier gemütlicher. Das kleine, uralte Gemäuer, das durch einen ultramodernen Verwaltungsanbau geschändet worden war, war so schön still und irgendwie ehrwürdig. Bei Hitze angenehm kühl und im Winter so fröstelig, dass man nicht die Jacke ausziehen musste; die Kirche hatte immer geöffnet und man saß nicht zu Hause herum, als hätte man nichts Besseres zu tun. Sie konnte es sich sogar einigermaßen bequem machen. In einem Verschlag unter der Holztreppe befanden sich Sitzkissen, die durfte sie sich nehmen und konnte zum Beispiel Hausaufgaben machen oder laut nachdenken, ohne dass ihr permanent einer dazwischenquasselte oder sie wegen ihrer Selbstgespräche beim Psychologen landete. Und wirklich, so ein passender Ort bewirkte Wunder. Hier hatte sie die besten Ideen, die schnellsten Lernerfolge und wurde am wenigsten von unangenehmen Gedanken abgelenkt. Nur Goethe fand es nicht so klasse. Weil Hunde die Kirche nicht betreten durften, band ihn Lena meist im Garten an und hoffte, dass ihn niemand klauen oder, noch schlimmer, erkennen würde und damit ihr geheimster Ort verraten wäre. Goethe hatte das anfangs unerhört grausam gefunden und alles versucht, sie von der Kirche fernzuhalten. Als er bemerkt hatte, dass es nichts brachte, einfach vorbeigehen zu wollen oder sich zu weigern, eine ganz bestimmte Abzweigung einzuschlagen, hatte er sich auf gequältes Jaulen vor der Kirche verlegt. Und begonnen, unter den Büschen Löcher zu graben. Inzwischen hatte er sein Schicksal jedoch akzeptiert, suchte sich ergeben ein schattiges Ruheplätzchen und Lena hatte ihn sogar im Verdacht, dass er die Pausen genoss. Was aber auch an den Belohnungen liegen konnte, die sie immer für ihn bereithielt.

Das bloße Nachdenken nutzte nichts. Sie drehte sich im Kreis zwischen »Wie kann so etwas passieren?« und »Was zum Teufel steckt dahinter?«. Und genau das versuchte sie am Abend auch Lilli zu erklären. Die wusste ja noch nicht einmal über Lenas aufregenden Fund Bescheid, das hatte sie gestern glatt vergessen.

Lena: Hi Schlafmütze, bereit für die Story des Tages?

Lilli: Leg los, dachte schon, du bist verschollen. Viel Stress mit Bosco, der kapiert einfach nicht, dass zum M-Turnier der höhere Oxer gehört. Und das will ein Springpferd sein.

Bosco war Lillis Pferd und Opfer ihrer Turnierambitionen. Schon im letzten Jahr hatte sie vergeblich versucht, eine Klasse höher mit ihm zu starten, und noch immer scheiterten sie regelmäßig. Also schrieb Lena ein paar teilnahmsvolle Worte und legte dann los. Wie sie den Stift gefunden hatte und das passende Notizbuch in ihrem Fundus. Wie sie sich fast einen Krampf geschrieben hatte mit dieser Schnupfensache und was dann in der Schule geschehen war. Nämlich genau das, was sie geschrieben hatte. Danach war fast fünf Sekunden Sendepause. Lena dachte schon, Lilli wäre die Geschichte zu lang geworden und sie hätte abgeschaltet. Doch dann kam nur ein Wort:

Lilli: Hammer.

Lena: Dachte schon, zzzzzzzz. Komischer Zufall, oder?

Lilli: Gruselig irgendwie. Aber geil auch. Wie nennt man das doch gleich? Descha Dingsda?

Lena: Déjà-vu. Das ist aber irgendwie anders, nix Geschriebenes, nur ein flüchtiges Gefühl.

Lilli: So konkret?

Lena: Total konkret. Rote Nase und Turbo-Nieser nur bei der Markert. Schulschließung bei Schnupfen. Gab's noch nie.

Lilli: Deine Nase ist o. k.?

Lena: Besser geht's nicht.

Lilli: Dann hilft alles nix – probier's aus.

Lena: Hä?

Lilli: Schreib noch mal was und guck, was passiert..

Ja, wenn das so einfach wäre, dachte Lena später. Probier's aus. Toll. Schreib doch irgendwas. Aha. Das war wieder so eine typische Lilli-Idee: herausfinden, ob Lena Schicksal spielen konnte. Äh, schreiben konnte. Der Gedanke war dermaßen schwachsinnig, dass sie sich vor sich selbst schämte, so etwas überhaupt ernst zu nehmen. Doch trotz aller Idiotie ließ er sie nicht los. Andauernd kreisten die wildesten Ideen in ihrem Kopf herum, wie sie dieser geheimnisvollen Sache auf den Grund gehen konnte. Es half alles nichts. Wollte sie jemals wieder Ruhe haben, dann musste sie die Sache aus der Welt schaffen.

Kaum hatte die Schule wieder ihren Betrieb aufgenommen, stellte sie ein paar Versuche an. Sorgfältig schrieb sie »Max hat sich in Leonie verliebt« in ihr Notizbuch. Mit dem himmelblau-blumigen Kugelschreiber. Sie schürzte unwillig die Lippen, als tagelang nichts geschah. Frustriert schrieb sie an Lilli:

Lena: Nix passiert. Also nix mit Wunder und so.

Lilli: Gib nicht so leicht auf. Probier's noch mal.

Prompte Antwort mal wieder. So ein Wunder ließ Lilli sich nicht einfach ausreden. Aber mal im Ernst, wen wunderte es, dass es mit Max und Leonie nichts wurde? Immerhin hatte Max Leonie vor genau sechs Monaten so schrecklich zu Fall gebracht, dass sie sich einen Vorderzahn ausgeschlagen und drei Wochen nicht in die Schule getraut hatte. »Aus Versehen«, wie er steif und fest behauptete, aber machte das einen Unterschied? Das war wirklich keine gute Grundlage für eine glückliche Liebesbeziehung. Leonie hasste Max seitdem und Max hatte ein so schlechtes Gewissen, dass er es hinter weiteren Gemeinheiten zu verstecken versuchte.

Aber genau deshalb war es so wichtig, dass ausgerechnet die beiden sich fanden. Laufend verliebten sich Zwölf- und Dreizehnjährige aus ihrer Klasse ineinander, eine andere Kombination wäre absolut alltäglich und nichts Besonderes. Nicht lockerlassen, Lena, dachte sie. Die Idee gefiel ihr einfach zu gut. Grübelnd starrte sie auf den Satz in ihrem Notizbuch. »Max hat sich in Leonie verliebt.« Warum klappte es nicht? Lag es an dem verzwickten Gefühl »Liebe«, das man nicht so einfach auf den Weg schicken konnte wie eine kleine Armee von Schnupfenviren? Vermutlich war die Liebe für einen Versuch ungeeignet. Sie grübelte weiter. Max sollte sich aber verlieben, hmpf. Ihre Zähne bearbeiteten ihre Fingernägel. Ein paar Bücher mit rosa Einband fielen ihr in die Augen, sie griff nach einem und begann, lustlos zu blättern. Eigentlich war es gar nicht so schwer, eine richtig romantische Szene zu schreiben. Viel Gefühl, viel Herzflattern, intensive Blicke und erstes schüchternes Händchenhalten. Sie schnappte sich den Stift und legte los: »Am nächsten Morgen sieht Max Leonie plötzlich mit anderen Augen, sieht ihr strahlendes Lächeln, ihre nachlässige Art, das Haar aus dem Gesicht zu streichen, hört ihre warme Stimme und weiß plötzlich: Max liebt Leonie.« Lena passierte schon wieder, was bei der Schnupfensache geschehen war: Sie fing an zu schreiben und konnte nicht mehr aufhören. Drei Seiten weiter stand für Max fest, dass es für ihn nur die Eine geben konnte. Aufgeregt ging Lena schlafen und sehnte sich zum ersten Mal danach, Max am nächsten Morgen in der Schule zu sehen.

Schon nach wenigen Tagen tat Max ihr leid. Er litt so eindeutig wie Goethe, wenn er tagelang nicht in seinen geliebten Park gehen durfte. Wartete nach der Schule auf Leonie, wollte sie nach Hause begleiten, blitzte ab, wurde von seinen Kumpels lauthals ausgelacht, schlich mit hängenden Schultern über den Schulhof und kam eines Morgens gar nicht in die Schule, angeblich wegen einer Erkältung. Lena wusste aber, er war liebeskrank. Umgehend schickte sie ihren Bericht an Lilli, die schon auf heißen Kohlen saß.

Lena: Es hat funktioniert. Er betet sie an.

Lilli: Genial! Das ist der Beweis, oder?

Lena: Der Arme leidet nur so schrecklich und Leonie, na ja, die will es einfach nicht bemerken. Total hartherzig, die Frau.

Lilli: Und? Kannst du nun was ändern oder nicht? Dann hilf ihm doch ein bisschen.

Ja, natürlich! Kurz und bündig schrieb sie in ihr Notizbuch: »Ab morgen liebt Leonie auch Max«, und als Max ein paar Tage später wieder in der Schule erschien, konnten die erstaunten Mitschüler atemlos beobachten, wie sich in rasender Geschwindigkeit zarte Bande zwischen Max und Leonie knüpften und schon um die Mittagszeit zu reißfesten Tauen geworden waren.

»Hast du gesehen, wie Max ihr einen Apfel vom Kiosk geholt hat? Er hat ihr ein HERZ hineingeritzt, todsicher«, flüsterte Anna-Sophia Lena zu, aber nur, weil gerade niemand anders in der Nähe war, denn eigentlich redete Anna-Sophia nie mit Lena. »Wer hätte das gedacht, ausgerechnet Max und Leonie«, flüsterte Anna-Sophia weiter und stupste Lena verschwörerisch mit dem Ellbogen in die Seite.

»Warum nicht?«, erwiderte Lena, ein wenig ungehalten über das Aufsehen, das das Paar erregte, und brachte sich in Sicherheit, indem sie ein wenig von Anna-Sophia abrückte.

»Mensch, du hast echt keine Ahnung, oder? Die beiden – das geht gar nicht. Die Leonie, die wollte eigentlich Paul-Adrian, Eva-Marias Bruder, das weiß doch jeder!«

Und Lena musste sich eingestehen, dass sie das tatsächlich nicht gewusst hatte und sie wohl wirklich keine Ahnung hatte. Aber mal ehrlich, die beiden sahen so glücklich aus, wen interessierte es da, was dieser Paul-

Adrian wollte? Max und Leonie interessierte es auch nicht, denn die gingen nach der Schule gemeinsam nach Hause. Händchen haltend und mit schmachtenden Blicken. War das der Beweis? Konnte sie mit einem unschuldigen Satz Dinge und Menschen beeinflussen? Vor Aufregung klopfte Lenas Herz den ganzen Tag so wahnsinnig, als wäre sie selbst diejenige, die sich verliebt hatte. Blödsinn.

Lena: Jetzt hat sich auch Leonie in Max verliebt und alle sind glücklich.

Kaum dass sie zu Hause war, hatte sie ihr Notebook angeschmissen und sich auf die Suche nach Lilli gemacht. Keine Antwort. Blöd, Lilli hatte ja gerade ihren Reitunterricht. Hoffentlich musste sie sich nicht wieder so sehr über Bosco aufregen. Aber halt, vielleicht hatte Lena gerade alle Maxe und Leonies auf der Welt miteinander verkuppelt? Ließ sich irgendwie schlecht nachprüfen. Aber sie musste bei ihrem nächsten Test vorsichtiger sein. Und sie musste unbedingt Lilli dazu befragen. Vielleicht sollte sie es auch einfach dabei belassen. Ja, bestimmt. Ein erfolgreicher Versuch, Schluss, fertig.

Andererseits durfte man seine Gaben nicht brachliegen lassen. Jetzt konnte sie etwas von Bedeutung tun. Endlich. Gut, sie müsste noch ein wenig üben und herausfinden, ob tatsächlich sie eine »Gabe« hatte oder ob es schicksalhafte Zufälle waren. Lag es an dem Fundstift? Oder an Tante Pis Notizbuch? Hatte sie eine

Art Wunschmaschine gefunden? Sie würde noch ein paar weitere Tests benötigen, um klar zu sehen, und sie musste in nächster Zeit bei Schulaufsätzen, Einkaufszetteln oder kleinen Notizen höllisch aufpassen. Nicht auszudenken, was passierte, wenn sich tatsächlich alles erfüllte, was sie auf Papier festhielt.

Kapitel 2

Als Lena heute ausnahmsweise direkt nach der Schule die kleine Seitentür ihrer Kirche öffnete und ins dunkle Innere tappte, spürte sie sofort, dass sie nicht der einzige Besucher war. Welch Enttäuschung. Sie musste hier alleine sein, sonst konnte sie gleich wieder nach Hause gehen oder mit Goethe in den Park und Hundehäufchen aufsammeln. Weil sie aber unbedingt noch einmal über Max und Leonie nachdenken wollte, kramte sie trotzdem nach einem Kissen und machte es sich auf ihrem Stammplatz bequem, dritte Reihe, links außen, dort hatte sie die Möglichkeit, die Beine hochzulegen oder Hefte auszubreiten. Trotz der störenden Gegenwart eines anderen Menschen begann ihr Verstand, kaum dass sie saß, zu arbeiten. Vielleicht war es ja nur Pfarrer Hering, der in seinem Kämmerchen kramte. Sie fühlte sich erschöpft und ausgelaugt. Immerhin hatte sie sämtliche Pausen damit verbracht herauszufinden, ob der Max aus der zehnten Klasse ebenfalls eine neue Freundin namens Leonie hatte. So hatte sie es mit Lilli vereinbart. Die, da war sich Lena ganz sicher, wäre einfach zu dem großen Max gegangen und hätte gefragt: »Sag mal, hast du seit Neuestem eine Freundin, die Leonie heißt?«, aber das war für Lena ganz unmöglich.

»Hey, was klemmst denn du hier so rum«, hatte sie ausgerechnet der unangenehme Paul-Adrian angeschnauzt, als sie zum zweiten Mal auf dem Flur der Zehnten erschienen war, um nach Max, dem Älteren, Ausschau zu halten. Sie hatte sich schnell verdrückt. Es war aber auch verteufeltes Pech, dass Max ausgerechnet heute nirgendwo zu entdecken war. »Suchst du was?«, hatte sie ein Mädchen gefragt, als sie es wieder probiert hatte. Nicht gerade unfreundlich, aber auch nicht so, dass sich Lena ihr hätte anvertrauen können. Mit hochroten Wangen hatte sie etwas von Frau Markert gestammelt, doch das Mädchen hatte nur abgewinkt: »Versuch's am besten gleich im Lehrerzimmer, die gibt bei uns heute keinen Unterricht.« Doch dann, kurz nach der großen Pause, war dieser Max doch noch aufgetaucht und Lena hatte ihm auch in den nächsten Pausen immer wieder nachgestellt. Einmal hatte sie mit gewichtiger Miene einen Papierstapel durch den Flur der Zehnten getragen – natürlich ohne Max zu sehen, aber unter den neugierigen Blicken einiger Schüler. Dann war sie beim Fahrradunterstand aufgetaucht, wo sich die Größeren manchmal trafen, um heimlich zu rauchen, und hatte nur Max' Rücken bewundern können, da er sich fast die komplette Pause knutschend über ein Mädel gebeugt hatte, das Lena leider nicht erkennen konnte. Mist, da konnte sie ja auch nicht andauernd hinstarren. Aber immerhin hatte er eine Freundin, jetzt galt es nur noch herauszufinden, wie die hieß. Mutig hatte sie beim Mittagessen ihren Teller an den Tisch der älteren Schüler getragen, Ärger war vorprogrammiert. Mit panisch pochendem Herzen hatte sie sich gerade einen Stuhl nach hinten geschoben, als es schon losging: »Fort mit dir Gemüse, hier sitzen wir.« Der dickliche Kerl starrte sie eher belustigt als wütend an, doch hinter ihm standen mindestens sieben weitere Schüler der Zehnten und Elften mit dampfenden Tellern in den Händen und warteten, dass Lena Platz machte. Hilfe! »Du schon wieder«, hatte das Mädchen von heute früh sie erkannt und – trug die nicht genau die gleiche Jacke, wie die, mit der Max, der Große, so hingebungsvoll . . .? Sämtliches Blut in Lenas Körper war ihr erneut in den Kopf geschossen, bis er sich angefühlt hatte wie ein praller, blutroter Luftballon kurz vor dem Platzen. Jetzt war ihr sowieso alles egal gewesen. »Bist du nicht Leonie?«, hatte sie gefragt und das Mädel hatte nur den Kopf geschüttelt. »Nee, Sophie, und jetzt schieb mal ab hier, ja? Max? Hier ist noch Platz, kommst du?«

Also keine Leonie für Max, den Großen. Das war die gute Nachricht. Die schlechte war, dass sie sich den restlichen Mittag die hämischen Kommentare ihrer Mitschüler hatte anhören müssen, denn die Szene war wirklich keinem entgangen.

Drei Mal, dachte Lena, als sie jetzt auf ihrer Kirchenbank saß und sich langsam beruhigte. Drei Mal ist es passiert. Ich schreibe in das Notizbuch und – blubb, genau so passiert es. Sie würde noch ein paar Tests in Angriff nehmen müssen. Was wäre zum Beispiel, wenn sie mit einem normalen Bleistift schrieb? Oder mit dem Fundstift in ihr Matheheft? Warum hatten sich ausgerechnet der Max und die Leonie aus ihrer Klasse gefunden und nicht zufällig irgendein anderes Paar? Konnte sie jetzt wirklich alles einfach so herbeischreiben? Ihr Verstand stürzte sich voll freudiger Erregung auf die wunderbaren Dinge, die sie nun würde anstellen können. Sie spürte, wie sich ein unaufhaltsames Grinsen auf ihrem Gesicht ausbreitete. Ein Strahlen. Es war, als hätte sie sechs Richtige im Lotto. Oder als würde sie aufwachen und feststellen, dass sie über Nacht ein berühmter Popstar geworden war. Oder das Casting eines Modelwettbewerbs gewonnen hatte.

Lena ließ ihren Verstand sich austoben. Der durfte ja sonst nur schrecklich vernünftiges Zeugs bedenken. Zu schön war das Träumen und zu schön war die Vorstellung, dass es vielleicht gar nicht beim Träumen bleiben musste. Valentina von Monaco, die vor Jahren verschollene und endlich wiedergefundene Enkelin des legendären Monaco-Clans. Ihr erster Auftritt in der Öffentlichkeit: goldglänzendes, fließendes Kleid, ein Diadem schmückt ihr Haar, ein seliges Lächeln umspielt ihre Lippen, in dem wunderschönen Gesicht spiegelt sich das grenzenlose Glück, endlich ihre Familie gefunden zu haben. Blitzlichter, die Presse ist begeistert. Jubel – na ja, und was sonst so alles dazugehörte. Oder ihre Eltern: Komisch, wer klingelt unangemeldet am späten Abend? Mama öffnet die Tür. Ungläubig starrt sie auf die roten Rosen, die fast komplett den Türrahmen ausfüllen, dahinter taucht das Gesicht ihres Ex-Mannes auf. Endlich! Die Blumen fliegen zu Boden, breiten sich aus wie ein Teppich, als sich Mama und Papa in die Arme fallen und die schlimmen Jahre vergessen sind. Lenas Lächeln wurde noch ein bisschen breiter und ehrlich gesagt auch ein klitzekleines bisschen boshaft: Endlich würde sie es diesen rosaroten, verwöhnten Ziegen in ihrer Klasse zeigen. Eine Hauptrolle im nächsten Stück der Musical-AG? Pah, sie wäre der Star in allen Aufführungen der kommenden fünf Jahre! Eine Sporttasche von Prada? Sie würde extra nach New York fliegen und sich dort mit Taschen eindecken, bis sie ein eigenes Flugzeug für den Rückflug benötigte. Ein Chauffeur für die fünfhundert Meter zur Schule? Nun, sie würde vier persönliche Träger engagieren und sich eine Sänfte zulegen.

In diesem Augenblick knallte etwas gegen ihre Sitzbank und schleuderte Lena aus all ihren Träumen. Mitten aus der kuscheligen, sanft schaukelnden Sänfte direkt auf den betonharten Kirchenfußboden. Sie hatte ein wenig knapp gesessen und war vor Schreck vom Sitz gerutscht. So heftig, dass sie schmerzhaft mit dem Po hinknallte und sich den Hinterkopf an dem Holzgeländer anschlug.

»Gott, was machst du hier, bist du verrückt geworden?«, schrie sie das Mädchen mit den großen braunen Augen an, das so plötzlich vor ihr aufgetaucht war.

»Gott wohnt hier, oder? Und ich mach sauber.« Sie sprach leise, aber ihre Stimme vibrierte, als würde sie sich am liebsten vor Lachen zu Lena auf den Boden schmeißen.

»Du hast mich erschreckt, du blöde Kuh.« Lena ignorierte die helfende Hand, die ihr die andere entgegenstreckte, und zog sich alleine empor. Vorsichtig prüfte sie, ob ihr Hinterkopf schon anschwoll. »Autsch.« Sie schluckte. Aber klein beigeben vor so einem Kirchenputzmädchen wollte sie auch nicht. Die stand immer noch bewegungslos mit ihrem Feudel neben Lenas Bank und ließ sich anstarren. Lenas Blick blieb an ihrem Shirt hängen. Ein Fußball-T-Shirt mit überdimensionalem Vereinslogo: FC Barcelona. Du meine Güte, wer trug denn so etwas. Und eine Bommelmütze. Die konnte Lena nur entschuldigen, wenn sie als Staubschutz beim Putzen diente.

»Ich kenn dich, du wohnst bei mir im Haus«, stellte Lena schließlich fest. »Unten rechts, oder?« Ohne eine Antwort abzuwarten, ließ sie sich wieder auf ihren Platz fallen. War ja auch egal, Hauptsache sie konnte gleich wieder zurück in ihre kuschelige Sänfte. Warum verschwand das Mädel denn nicht endlich? Sie nervte, ganz eindeutig. Jeder nervte, der sie hier beim Nachdenken störte.

»Wusste gar nicht, dass Pfarrer Hering Kinder zum

Putzen beschäftigt«, knurrte sie schließlich, weil die andere noch immer neben ihr stand.

»Tut er auch nicht. Ich mach das freiwillig. Mir gefällt's hier und ein Kind bin ich auch nicht. Jetzt mach mal die Beine hoch, dann kann ich hier fertig fegen und lass dich in Ruhe, ja?«

Ach, so war das. Gehorsam hob Lena die Beine an wie ein Ehemann, der seiner staubsaugenden Frau eine Gefälligkeit erweist, und kam sich schrecklich blöde dabei vor. Das Mädchen wieselte um sie herum, fegte und knallte laut mit dem Besenstiel gegen das Holzgestühl. Sie störte. Und sie sollte sich endlich verziehen. Sonst würde sie eine Notiz schreiben, dass ein gewisses Erdgeschoss-Mädchen morgen früh um 7.30 Uhr im Land, in dem der Pfeffer wächst, vom Himmel fiel. Dazu musste sie aber ihren Namen kennen und an den erinnerte sie sich überhaupt nicht. Das Mädchen und ihre Mutter, die irgendwas wie Zickerts oder Zickbarts hießen, waren vor nicht allzu langer Zeit in die Wohnung neben Teschkes eingezogen und unsichtbar wie Gespenster. Sah man mal eine von ihnen, huschte sie grußlos vorüber. Schon öfter hatte Lena bemerkt, wie die Wohnungstür leise zugedrückt wurde, wenn sie vorbeiging. Als hätte sie eine neue, besonders fiese Grippe und wäre fürchterlich ansteckend. Gut, vielleicht hatten die beiden ja auch Angst vor Goethe. Jedenfalls schienen sowohl Mutter als auch Tochter ziemlich arrogant zu sein und deshalb nannte sie die beiden einfach »die große und die kleine Zicke«. Aber jetzt konnte sie ja schlecht schreiben: »Die kleine Zicke geht morgen früh ins Land, in dem der Pfeffer wächst.« Wer wusste schon, was morgen früh dann dort los wäre.

»Wie heißt du?«, fragte ihr Mund wie von selbst.

»Hannah. Du kannst die Füße wieder runternehmen.«

Knapp, nur sehr knapp, entging Hannah der Bekanntschaft mit dem Pfefferland. Nur weil sie so traurige Augen hatte, die lieb guckten, und weil sie so ernst wirkte und dort im Pfefferland sicherlich noch trauriger gewesen wäre, verfasste Lena keine schicksalhafte Notiz. Im Gegenteil. Sie schickte sich selbst hinweg. Wortlos nahm sie ihre Füße von dem Kirchenmöbel, packte ihre Siebensachen zusammen und flüchtete regelrecht aus ihrer Zufluchtsstätte.

Lenas Laune hob sich bedeutend, als sie zu Hause von Goethe begrüßt wurde. Gut, es war nur ein Hund, der sich über sie freute, aber wie! Er hopste, winselte, schlug mit dem Schwanz, schlabberte, jaulte und konnte sich gar nicht mehr einkriegen. Nach dem zehnten feuchten Schlabberkuss ergab sich Lena kreischend auf dem Sofa.

»Du hast gewonnen Goethe, ich geb auf! Hilfe, Hilfe!« Mühsam befreite sie sich von dem wuselnden Fellpaket. »Los, Marsch, runter vom Sofa, du bist doch kein Schoßhündchen!« Nein, er hatte eher die Größe eines ausgewachsenen Kalbes, allerdings mit Zottelmähne und fliegendem Speichel. Früher hatte er ihr locker die Pfoten auf die Schultern legen können, das ging seit zwei Jahren nicht mehr. Dafür hatte er eine ausgefeilte Technik entwickelt, sie mit einem gezielten Stoß in die Kniekehlen zum Stolpern zu bringen und so dem heiß geliebten Gesicht nahe genug für einen Schmatz mit der langen Zunge zu kommen. »Komm, Goethe, spazieren gehen und dann gibt's was Feines zu fressen.« Die Schuhe hatte sie erst gar nicht ausgezogen. Das Gassigehen mit Goethe gehörte zu den ersten Dingen, die sie nach der Schule erledigte. Der Kerl musste manchmal mehr als acht Stunden aushalten, bis er nach seinem morgendlichen Gang wieder Pipi machen durfte, das war doch unvorstellbar grausam!

Goethe wartete schon unten am Hauseingang, denn »Tür öffnen« gehörte zu einer seiner leichtesten Übungen. So wie »Napf leeren«. Gut, dass man die Haustür mit einem Drehknauf versehen hatte. Denn bis Lena ihre Sachen verstaut hatte und die drei Stockwerke wieder hinuntergerannt war, wäre Goethe schon lange über alle Parkgrenzen hinaus gewesen. So aber saß er brav hechelnd an der Tür, stürmte hinaus, sobald Lena sie geöffnet hatte, und wurde durch das Gartentor gestoppt, an dem er wieder hechelnd wartete, bis sie ihn angeleint hatte. Damals, vor hundert Jahren, als die Häuser ihrer Straße entstanden waren, hatte man auf große Vorgärten und Grünflächen geachtet, und so ergab sich ein Straßenbild mit prächtigen Büschen und würdevollen Stadthäusern auf der einen Seite und prunkvollen Villen und alten Bäumen auf der anderen. Die Villen waren mittlerweile zum großen Teil Büros oder in mehrere Wohnungen aufgeteilt, in manchen pflegten aber noch reiche Familien einen gehobenen Lebensstil. Goethe freute sich über die Mäuerchen und Hecken, die alle Gärten zur Straße hin abschotteten. Ein Paradies für Hundenasen, sodass der Weg in den Park in der Regel ziemlich lange dauerte.

Wie immer füllten zwei Plastiktüten Lenas Taschen, denn Häufchen mussten sofort entfernt und in spezielle Mülleimer geworfen werden. Sonst kostete es Strafe. Dreißig Euro ihres Taschengeldes, da war Mama knallhart, weil Goethe Lenas Hund war und sie gefälligst selbst auf ihn achten sollte. Und nur, weil sie Goethe so liebte und ihn unbedingt behalten wollte, überwand sie täglich das Würgen, wenn sie eine Tüte über die Hand stülpte, um das noch warme Häufchen aufzuklauben und den schmierigen, stinkenden Brei fest verschlossen zu entsorgen. Auf der Suche nach erprobten Rezepten, die Goethes Haufen in feste, wohlriechende Klumpen verwandeln würden, hatte ihre Mutter wochenlang Fachliteratur gewälzt und Lena intensiv die einschlägigen Foren durchforstet – mit durchgängig fürchterlichen Ergebnissen. Petersilie verursachte bei Goethe keinen Wohlgeruch, sondern Blähungen, die ihm drei Nächte auf dem kleinen Balkon eingebracht hatten. Frische Kutteln stanken vor dem Verzehr wie eine Jauchegrube und nach erfolgter Verdauung wie zehn Kläranlagen und hatten Goethe so begeistert, dass er nächtens den Kühlschrank aufgebrochen hatte. Die Anreicherung seines Futters mit einer sündhaft teuren Ballaststoff-Mineralpulver-Mischung hatte ihm Durchfall und Lena eine Tierarztrechnung beschert, die sich gewaschen hatte. Also blieb es bei Dosenfutter und matschigen, übel riechenden Häufchen.

Als Goethe begann, aufgeregt hin und her zu flitzen – das Zeichen, dass er den optimalen Platz für sein großes Geschäft suchte – kam Lena eine unschlagbare Idee. Dies würde ihr letzter Haufen sein, den sie entsorgte. Dies würde überhaupt der letzte Haufen Goethes sein. Gleich zu Hause würde sie schreiben: »Ab heute macht Goethe keine Häufchen mehr.« Wäre doch gelacht, wenn sie sich das Leben nicht ein wenig angenehmer gestalten könnte. Nachdem Lena zum letzten Mal in ihrem Leben einen Hundehaufen entsorgt hatte, schlenderten sie und Goethe gemütlich und mit zahlreichen Umwegen nach Hause. Dort füllte sie schnell Goethes Napf, vergewisserte sich, dass sein Wasser frisch war, und schritt dann zur Tat. Fein säuberlich in gestochen scharfen Buchstaben, mit einem kunstvollen roten Rahmen, um dem Ereignis noch mehr Gewicht zu verleihen, stand der Satz in ihrem Notizbuch. Perfekt, und jetzt noch schnell mit Lilli tratschen, dachte Lena zufrieden.

Lena: Hey Lilli, es gibt kein zweites Max-Leonie-Paar und Goethe macht nie wieder Stinkehaufen. Und noch etwas. Nie wieder spioniere ich hinter Jungs aus der Zehnten her. Das war so was von peinlich. Sei froh, dass ich überhaupt noch mit dir rede.

Lilli: Hey Lena. Gratuliere zu den Hundehaufen und deinem Spionagetalent. Erzähl mehr davon.

Es dauerte eine ganze Weile, bis Lena die richtigen Worte für ihre Erlebnisse gefunden hatte.

Lena: Denkst du, ich kann jetzt alles ändern, was ich will?

Lilli: Wie meinst du das?

Lena: Na, ich finde das auch irgendwie erschreckend. Stell dir mal vor, ich könnte mich zur Gewinnerin von Germany's next Topmodel machen. Wär ja der Lacher. Oder jeden Lottogewinn absahnen. Oder nur noch Einser schreiben. So was.

Lilli: Guck erst mal, was mit Goethe passiert, dann schick ich dir meine Wunschliste, ja?

Lena: Haha, danke für die Hilfe. Ich weiß noch immer nicht, woran es eigentlich liegt. Stift, Buch oder beides?

Lilli: Da hilft nur austesten. Am besten erst mal mit ganz harmlosen Dingen. Und dann sag ich, was ich brauche. ☺ Einen Lottogewinn fänd ich gut. Nie mehr um Taschengeld betteln, stell dir das mal vor! Ich würde Bosco in die teuerste Box stellen, er würde nur noch das beste Futter bekommen und vielleicht einen persönlichen Pfleger oder so. Dann müsste ich auch keine Haufen mehr wegmachen und seine sind größer als Goethes.

Lena: Stinken aber nicht so.

Lilli: Anders, aber nicht unbedingt besser.

Lena: Na ja, vielleicht kann ich da wirklich was tun. CU.

Es funktionierte. Es funktionierte genau drei Tage lang. Lena schnappte sich wie gewohnt nach der Schule Goethe, der gewissenhaft überall herumpieselte und schnüffelte, doch keine Anstalten für eine größere Aktion machte. Allerdings machte er auch bei den Spaziergängen einen weniger begeisterten Eindruck als sonst. Am dritten Tag musste Lena unbedingt in die Kirche. Seit der Begegnung mit Hannah war sie nicht mehr dort gewesen und sie hatte viel nachzudenken. Max und Leonie waren ein festes Paar geworden und nichts in der Welt schien sie mehr trennen zu können. Sie musste sich jetzt über den nächsten Schritt Gedanken machen. Sie wollte endlich herausfinden, ob Stift, Buch oder beides zusammen funktionierte. Ehrlich gesagt, hatte sie sich das bisher nicht getraut. Zunehmend beschlich sie eine Art Beklemmung und Furcht, wenn sie daran dachte, was sie möglicherweise alles bewirken konnte.

Wie gewohnt band sie Goethe im Vorgarten der Kirche mit langer Leine an. Hier gab es große Büsche und Bäume und er würde sich ein gemütliches Plätzchen suchen, um ein ausgiebiges Nickerchen zu machen. Er wirkte heute müde und schien froh zu sein, nicht mehr laufen zu müssen. Doch kaum, dass sie ihr Kissen geholt und es sich auf ihrem Stammplatz bequem gemacht hatte, hörte sie von draußen einen lauten Schrei und Goethes hocherfreutes Bellen. Wie vom Heiligen Geist gestochen sprang sie auf und stürzte nach draußen. Es fehlte noch, dass sie Ärger wegen Goethe bekam und ihn womöglich nicht mehr mitbringen durfte. Auf der Wiese kullerten Hannah und Goethe über den Boden und bildeten einen Gordischen Knoten von überdimensionalen Ausmaßen. Zuerst grinste Lena nur, dann lachte sie lauthals, sprang allerdings schnell zur Rettung herbei, als sie bemerkte, dass nicht nur Hannah panische Angst hatte, sondern auch Goethe den Spaß an der Sache verlor, weil er sich heillos in seiner Leine verfangen hatte.

»Hilfe, der hat mich einfach so angefallen, der ist ja gemeingefährlich«, keuchte Hannah verzweifelt und versuchte, das schlabberige Maul abzuwehren, das überall auf ihrer Kleidung nasse weißliche Flecken hinterlassen hatte. Nicht, dass es schade um die Klamotten gewesen wäre. Hannah trug ein schlabbriges Riesen-T-Shirt mit überdimensionalem Printdruck »Clean up or die«. Passte ja zu Hannah, aber das Teil war ungefähr so angesagt wie Vanillepudding bei einem Fastenwochenende.

»Ihr habt euch in der Leine verheddert. Goethe wollte dich nur anständig begrüßen, er meint das nicht so.« Lena versuchte, die beiden zu befreien. Keine einfache Aufgabe. Sie musste Goethe von der Leine lassen, der erschöpft und ganz gegen seine Gewohnheit sofort neben ihr zusammensackte.

»Wie kann man so eine Kreatur nur nach Goethe benennen?« Hannah stand auf, entfernte sich mit einem vorsichtigen Schritt nach hinten, ohne Goethe aus den Augen zu lassen, und klopfte sich die Hosen ab. Bei Erde und Sand funktionierte das, Hundeschlabber ließ sich jedoch nicht so einfach abschütteln.

»Es ist eine Ehre für Johann Wolfgang, wenn so ein edles Tier seinen Namen trägt.« Lena leinte ihren Hund wieder an, der brav neben ihr saß und alles andere als gefährlich wirkte. Mit der freien Hand zog sie Hannahs Bommelmütze unter seinem Hintern hervor. »Hier.« Sie reichte Hannah die Mütze, doch die schüttelte den Kopf.

»Ich muss mir erst mal die Hände waschen, das ist ja widerlich«, schimpfte sie.

»Blödsinn, Goethe ist sauber und gar nicht widerlich«, verteidigte ihn Lena. Die Mütze hängte sie an den Zaun.

»Und Hunde kacken sowieso nur überhall herum. Hoffentlich nicht auch hier«, ergänzte Hannah angewidert und beguckte sich prüfend ihre Schuhsohlen.

»Goethe nicht«, entfuhr es Lena. »Äh, ich meine, meiner macht nicht überall hin«, korrigierte sie sich schnell.

»Er sieht irgendwie unzufrieden aus. Fehlt ihm was?« Hannah betrachtete Goethe abschätzend und nicht mehr ganz so feindselig.

Wirklich, Goethe sah gar nicht glücklich aus. Lena musste sich eingestehen, dass sie sich schon selbst Sorgen machte. Er saß neben ihr, als hätte jemand die Luft bei ihm abgelassen. Der Begrüßungsausbruch eben schien seine letzten Kräfte aufgebraucht zu haben. Ja, dachte sie zerknirscht, er hat einen gequälten Ausdruck in den Augen! Sie hatte es nicht sehen wollen, aber Goethe plagten geheimnisvolle Schmerzen. »Nein, eigentlich fehlt ihm nichts, eine kleine Magenverstimmung vielleicht. Ein bisschen Gras gefressen und es geht ihm gleich wieder besser.«

»Wenn du meinst. Er sieht aus wie meine Oma, kurz bevor sie gestorben ist. Sie hatte einen Tumor im Bauch.«

»Oh, jetzt ist aber gut!«, rief Lena. Sie beugte sich über Goethe und tätschelte ihm kräftig die Seite. Er kläffte erschrocken, fast hätte er nach ihr geschnappt, krümmte sich jammernd zu einem komischen Hundeknäuel und versuchte immer wieder, sich in den Bauch zu beißen.

»Da hast du's. Der macht's nicht mehr lange.«

»Du hast doch keine Ahnung«, schrie Lena, war aber schon die halbe Straße hinunter und zog den winselnden Goethe hinter sich her. Natürlich hatte Hannah keine Ahnung, wie sollte sie auch. Fast musste Lena Goethe die Treppen hochtragen, so unerträglich schienen seine Schmerzen geworden zu sein. Sie zerrte und zog, verfluchte ihre grässliche Dachwohnung und wünschte sich ein gemütliches Zuhause im Parterre.

Oben angekommen, schleifte sie ihn ins Wohnzimmer, drückte und tastete auf seinem harten, klumpigen Bauch herum, während er japste und jaulte. Schnell kam sie zu dem Schluss, dass es nur einen Grund für sein Unwohlsein geben konnte: Sie hatte ihm kurzerhand und gedankenlos die allerschrecklichste Verstopfung an den Leib geschrieben, die man sich vorstellen konnte. »Armer Goethe, das wollte ich doch nicht, ich wollte dir doch nicht wehtun«, rief sie immer wieder, rannte dabei in ihr Zimmer und schrieb, so schnell sie konnte: »Goethe macht wieder seine Häufchen.« Kurz hielt sie inne und überlegte, konnte sich mit dem Gedanken an Plastikbeutel und Stinkehaufen nicht anfreunden und fügte schließlich hinzu: »Ab heute nur noch direkt in Straßengullis.«

Doch da war es schon zu spät. Ein bestialischer Gestank erwartete sie im Flur, dessen Ursache ein gigantischer Hundehaufen war. Direkt auf dem Fußabstreifer. Der gute Goethe. Von ihm war allerdings keine Spur zu sehen. Aus Angst vor Schelte oder vor Scham hatte er sich verkrochen. Schnell zog sie sich Plastikhandschuhe über, stülpte den kompletten Fußabstreifer in eine Maxi-Mülltüte, verknotete ihn gewissenhaft und sauste die Treppen hinunter in der Hoffnung, dass sie keiner sehen – oder besser gesagt, riechen – würde. Mühsam vergrub sie den Beutel in der hintersten Mülltonne, sodass man schon abartige Vorlieben haben musste, um ihn dort zu entdecken.

KAPITEL 3

Lena: Hi Lilli, hab dir eben ein Päckchen von Hollister vor die Tür geschrieben – allerdings auf einen von Mamas Smiley-Zetteln. Ist was angekommen?

Lilli: Kein Paket. Nimm was anderes.

Lena: Ich versuch mal, Mama einen Parkplatz vor der Tür zu sichern. Mit meinem Blümchenstift. Ich schreib allerdings ins Vokabelheft, mal sehen.

Lilli: He, und ich?

Lena: Moment. Schau mal aus dem Fenster. Hat euer Kirschbaum schon rote Kirschen?

Lilli: Nee, da sind doch gerade erst die Blüten abgefallen, wie soll das gehen?

Lena: Dachte ja nur. Hast du Lust auf Kuchen?

Lilli: Sahne-Kirsch, bitte.

Lena: Und?

Lilli: Nix. Hab die ganze Küche abgesucht.

Lena: Na, dann klappt es so nicht, oder?

Bevor sie jedoch den Gedanken ganz aufgab, verbrachte Lena ziemlich viel Zeit mit Ausprobieren. Beim Spazierengehen schrieb sie Zettelchen über Blumen, die hinter dem nächsten Baum erscheinen sollten, wollte in der Schule die Lehrer zu weniger Hausaufgaben nötigen oder auf dem Heimweg einen heimatlosen Fünfzig-Euro-Schein finden. Aber nichts passierte. Ganz wie bei Lilli – nix Blumen, nix Taschengeldzuschuss, das Hausaufgabenpensum blieb unverschämt hoch, selbst das Fernsehprogramm zeigte sich unbeeindruckt und lieferte nicht den neuesten Knüller, bevor der in die Kinos kam. Schließlich musste Lena es sich eingestehen: So ging's einfach nicht. Notizbuch und Stift funktionierten ausschließlich gemeinsam, nur dann erschien der fette Löwenzahn mitten im gepflegten englischen Rasen des nachbarschaftlichen Vorgartens und dann lag plötzlich auch der Fünfziger auf der Straße, den sich Lena herbeigeschrieben hatte. Leider hatte sie genau beobachtet, wie er einer ältlichen Dame mit camelfarbenem Filzhut und beigem Mantel aus der Tasche gerutscht war, sodass sie ihn schnell aufgehoben und der Oma hinterhergetragen hatte. Statt des Fünfzigers gab's ein angebrochenes Beutelchen mit Pfefferminzdrops, das Lena schnell und unauffällig im nächsten Abfallbehälter verschwinden ließ.

Natürlich war die Möglichkeit, sich für zugefügte Schmähungen zu rächen, einfach unwiderstehlich. Zum Beispiel an Eva-Maria und Anna-Sophia, die Lena mit ihrem hochnäsigen Getue schrecklich nervten. Nicht, dass sie ihr wirklich etwas getan hatten, doch sie hatte es einfach satt, sich immer wieder Kommentare zu ihren Klamotten oder albernes Gekicher hinter ihrem Rücken anhören zu müssen. Nach kurzem Hadern erteilte sich Lena den Freischein für eine kleine feine Racheaktion und begann zu überlegen, wie sie den Strichmädchen, so nannte sie die beiden wegen ihrer Doppelnamen, so richtig eins einschenken konnte. Beide wohnten in Lenas Nähe, Eva-Maria mit ihren Eltern und ihrem älteren Bruder Paul-Adrian sogar nur ein paar Häuser weiter die Straße hinunter in einer der alten Villen. Anna-Sophia logierte in einer ähnlichen Wohnung wie sie selbst, die allerdings um einiges größer war, da hier Eltern und mindestens vier Geschwister untergebracht werden mussten, wie Lena mal erfahren hatte. In Eva-Marias Augen war Lena eine Tussi vom Land und nichts an ihr richtig. Ihr Aussehen war generell inakzeptabel, sie trug keines der angesagten Lifestyle-Labels, hatte Hobbys, die völlig daneben waren, sie war ein Scheidungskind mit einer alleinerziehenden Mutter und die konnte sich noch so sehr abstrampeln und eine angesehene Werbeagentur führen, die Kreise des alten Geldadels würde sie nie erreichen. Lena hatte in der Schule die falschen Fächer gewählt, hatte die falschen Freunde, obwohl sie genau genommen gar keine hatte, und dazu noch dieses Monster von einem Hund. Eva-Marias Familie hatte auch einen Hund, einen reinrassigen Luxusköter, der zweimal am Tag von dem armen Chauffeur Gassi geführt wurde. Anna-Sophia war Evas Freundin und deshalb genau der gleichen Meinung. Sie eiferte Eva in allem nach: Kleidung, Schmuck, Shopping-Gewohnheiten und Vorurteile.

Zwei ihrer Geschwister gingen auf ein Internat für Hochbegabte, für Anna-Sophia war von all der Familienintelligenz nicht viel übrig geblieben und für ihren jüngeren Bruder, der bereits eine Klasse übersprungen hatte, reichte das Geld nicht mehr für das Internat. So munkelte man. Anna-Sophia sah das natürlich anders, Geldmangel war ja ein absolutes »No Go«.

So kam es, dass auf die Strichmädchen eine Woche der kleinen Katastrophen wartete. Anna-Sophia machte den Anfang. Wie fast jeden Morgen hielt sie am Fahrradunterstand gemeinsam mit Eva-Maria Hof für ihre Verehrer. Wenn man den klassischen blonden Typ mochte, waren die beiden Strichmädchen wirklich attraktiv. Und anscheinend schätzten an ihrem Gymnasium viele Jungs den klassischen blonden Typ. Beide waren ziemlich sportlich und tja, Anna-Sophia hatte glutrote, volle Lippen, hinter denen sich astreine blütenweiße Zähne verbargen und Eva-Maria ein charmantes Model-Lächeln, das sie auf die Idee gebracht hatte, demnächst bei Heidi Klum ihr Glück zu versuchen. Natürlich waren sie klamottentechnisch immer ganz vorn und als Trendmacherinnen und Stilexpertinnen weit über die eigene Schule hinaus bekannt. Nix Zahnspange oder so. Keine Pickel, haarige Oberlippen oder muffelige Schweißausbrüche, nichts, was auch nur den Hauch eines Schattens auf ihre Vollkommenheit werfen konnten. Es war zum Neidischwerden!

Dass die beiden ziemliche Ekelpakete waren, schien außer Lena niemanden zu stören.

Lena beeilte sich, an diesem Morgen rechtzeitig zur Stelle zu sein. Sie gab vor, sich ihre Sneaker neu binden zu müssen, als es begann. Anna-Sophia lehnte lässig an einer Säule, einen Fuß benutzte sie als Stütze und den anderen hatte sie cool nach hinten auf die Fahrradständer gelegt, die Arme vor der Brust gekreuzt.

»Mann, hab nur 'nen Schluck Cola genommen, da geht der Schneider ab wie'n rotes Moped. Klassenbuch, Elternbrief, volles Programm. Jetzt bleib mal geschmeidig, sag ich, und zack, rausgeflogen. Pellinger säuft im Unterricht halluzinogene Getränke, schreibt der rein, der Voll-Horst. Rubi hat's gesehen!«

»Ja, voll der Ork, der Schneider«, stimmte Greg Konstantin zu und Anna-Sophia lachte lauthals – vielleicht ein bisschen zu laut – über Konstantins Bemerkung. Also, soo komisch war das nun auch nicht und dass Schneider, der Bio-Lehrer, ein spießiger, kleinkarierter »Horst« war, das war auch nicht neu. Jedenfalls verlor Anna-Sophia das Gleichgewicht und konnte sich nicht wieder auffangen, möglicherweise wegen der verschränkten Arme. Ihr Fuß rutschte ab und klemmte plötzlich – keiner wusste, wie das geschehen konnte – zwischen den Eisenbügeln des Ständers fest. Zuerst versuchte sie, Haltung zu bewahren und das Dilemma unauffällig zu lösen.

»Eva-Maria, ich klemme fest«, zischte sie ihrer Freundin zu. Die kam ihr prompt zu Hilfe, zog Anna-Sophia die schicken Strass-Ballerinas aus, dann die Strümpfe und jeder, der wollte, konnte ihre wunderschön lackierten Fußnägel bewundern. Aber die halfen auch nichts. Der Fuß blieb, wo er war, als würde ihn ein kleiner, gehässiger Dämon im Fahrradständer festhalten.

»Zur Seite, macht mal Platz hier, lasst mich durch.« Unerklärlich, wie Frau Markert schon zur Stelle sein konnte. Mit Seife und Eisbeutel und der vergeblichen Hoffnung, dass der Fuß durch die Kälte schrumpfen und, mit Seife eingerieben, aus der Klemme flutschen würde. Doch nichts dergleichen geschah. Eine beachtliche Schülermenge hatte sich eingefunden, sodass es gar nicht mehr auffiel, dass Lena noch immer hier herumstand, obwohl sie ihre Schnürsenkel mindestens schon dreimal neu gebunden hatte.

»Tut mir leid.« Frau Markert gab normalerweise nicht so schnell auf, doch die Lage schien hoffnungslos. »Wenn ich hier weiter herumziehe, dann schwillt der Fuß noch mehr an und dann kommst du nicht mehr vor und nicht mehr zurück. Ich informiere mal den Schulleiter, wir müssen die Feuerwehr rufen oder so.« Sie achtete nicht auf Anna-Sophias Gejammer, die allmählich panisch wurde.

»Das können Sie doch nicht machen, es muss doch auch so gehen, bitte, keine Feuerwehr, das kann doch nicht sein!« Ihr Haar hing wirr in ihr Gesicht, die Stirn war von einem ungesunden Schweißfilm bedeckt und ihr T-Shirt hatte nasse Flecken unter den Armen. Sie schwitzte tatsächlich. Lena wäre in dieser Situation auch panisch geworden, jetzt allerdings wartete sie gelassen auf die Sirene der Feuerwehr. Tatsächlich kam wenige Augenblicke später der rot-weiße Mannschaftswagen der Feuerwehr um die Ecke geschossen, dicht gefolgt von einem Rettungswagen, den Anna-Sophia aber nicht brauchen würde, dafür hatte Lena schon gesorgt. Natürlich war an einen normalen Unterricht gar nicht zu denken. Das halbe Kollegium war bemüht, die Schüler von Anna-Sophia fernzuhalten und wenigstens einen halbwegs ordentlichen Halbkreis um sie herum zu schaffen, sonst wäre sie wahrscheinlich von den Massen erdrückt worden. Die Schüler, die nicht in dem dichten Ring um Anna-Sophia standen, hingen an den Fenstern, klemmten auf dem Schulhof herum oder trieben ihre Lehrer mit ihrem aufgeregten Geplapper in den Wahnsinn.

»Hey, Anna-Sophia, heute mit dem falschen Fuß aufgestanden?«, witzelte ein Schwachkopf.

»Zehn Euro für den, der Anna-Sophia befreit!«, rief ein anderer dazwischen.

»Los, Anna-Sophia, zeig her deine Füße«, brüllte ein Kerl von ganz hinten.

»Jetzt lasst sie doch in Ruhe«, kreischte Eva-Maria dazwischen, der anzusehen war, dass sie am liebsten von der peinlichen Bühne verschwunden wäre, anstatt ihrer Freundin beizustehen. Doch sie hielt tapfer ihre

Hand und versuchte, die Haltung zu bewahren, die ihre Freundin verloren hatte. Über ihrem Fuß zusammengesunken, hielt Anna-Sophia sich die Ohren zu und hob erst wieder den Kopf, als ein Held und Retter in dunkelblauer Uniform vor ihr stand.

»So, jetzt alle mal weg da, macht mal Platz. Nun woll'n wir mal sehen, aha, soso, das ist doch gar nicht so schlimm. Das kann jedem mal passieren, nicht wahr?« Mit stoischer Ruhe untersuchte der Chef-Feuerwehrmann die Lage, griff erst zur Eisenzange, dann zum Brenner, bog unter großer Anstrengung und heftigem Ächzen und Stöhnen sowie tatkräftiger Hilfe von zwei weiteren Rettern die mürbe gewordenen Metallteile auseinander. Der Chef führte die befreite Anna-Sophia in Richtung Krankenwagen und unter normalen Umständen wäre sie auf jeden Fall in der Klinik gelandet. Doch ein zufällig anwesender Facharzt stellte eine kleine Quetschung und sonst keine weiteren Verletzungen fest und entließ das entgeisterte Mädchen wieder in den Unterricht. Mit hochrotem Kopf schlich sie durch die Reihen der feixenden Schüler, die sich nur langsam zerstreuten. Es würde heute viele Strafarbeiten und Einträge geben.

Wenn sie sich wenigstens das Bein gebrochen oder sonst eine schlimme Verletzung gehabt hätte, dann hätte man Mitleid mit ihr haben können. Doch so hatte sie sich nur schusselig angestellt und völlig die Fassung verloren. Welch Blamage! Als sie an Lena vorüberging, schaute diese schnell zur Seite. Nicht, weil sie ein hämisches Grinsen unterdrücken musste, sondern weil sie ein klitzekleines bisschen das schlechte Gewissen plagte.

Lena war klar, dass sich Anna-Sophias angeschlagener Ruf wieder erholen würde. Sie hatte einfach zu viele Anhänger und Bewunderer, als dass so ein kleiner Zwischenfall nachhaltig wirken würde. Aber ein winziges Andenken an diesen Tag sollte sie behalten und kaum dass Lena zu Hause war, griff sie nach Fundstift und Notizblock und schrieb: »Anna-Sophia hat ab heute einen kleinen Leberfleck an dem geprellten Knöchel.« Das war zwar gemein, aber Anna-Sophia konnte dankbar sein, dass es nicht die Nasenspitze geworden war. Oder die linke Pobacke.

Lilli: Mensch, kannst du fies sein. Bin ich froh, dass ich dich zur Freundin habe.

Lillis Kommentar kam nur eine Sekunde, nachdem Lena ihr die Story gemailt hatte.

Lena: Ja, ich auch! Aber es ist ja nichts passiert. Ich habe nur ein bisschen an ihrem Thron gewackelt, sonst nichts.

Lilli: Das war ein Erdbeben.

Lena: Ein klitzekleines.

Lilli: Und jetzt?

Lena: Jetzt kommt Eva dran.

Lilli: Boah, was hast du vor?

Lena: Na ja, muss erst mal schauen, wie sie die Blamage ihrer Freundin verkraftet. Ich hab mir schon was ausgedacht, was, verrat ich aber nicht.

Dass Eva-Maria ihrer Busenfreundin nach diesem Vorfall zunächst einmal mit vorsichtiger Zurückhaltung begegnete, schien logisch zu sein. Sie wollte ja nicht aus transusiger Treue mit einer Verurteilten in die Tiefe gezogen werden. Aber Anna-Sophias Verehrer stellten sich als großherzig heraus. Statt Häme und schlechter Witze gab es Trost und Zuspruch für Anna-Sophia. Prompt klinkte sich auch Eva-Maria wieder als ihre beste Freundin ein. Lena sah das mit gemischten Gefühlen. Vielleicht waren die Strichmädchen ja doch nicht total daneben, wenn sie so zueinanderhielten. Wie gerne hätte sie auch eine beste Freundin in ihrer Klasse gehabt. Deshalb beschäftigte sie sich nun mit Eva-Maria, die sie am Ausgang der Schule erwartete, genau so, wie sie es geschrieben hatte. Es gab verschiedene Arten, anderen eins auszuwischen. Wenn es ihr gelingen würde, Eva-Maria als Freundin zu gewinnen, dann wäre das nicht nur eine tolle Abreibung für die beiden, sondern nebenbei wäre auch noch ihr selbst geholfen.

»Hallo, Eva-Maria. Wir haben doch den gleichen Weg, kommst du mit?«, fragte sie ein kleines bisschen nervös. Schließlich hatte sie Eva-Maria noch nie einfach so angesprochen. Würde sie gleich abblitzen oder hatte sie eine Chance?

»Hi, du bist doch Valentina, oder?«

Nächstes Mal sollte sie unbedingt auch die Dialoge in ihr Notizbuch schreiben, stöhnte Lena. Kein Mensch nannte sie Valentina. Viel zu lang. Nur die Lehrer und ihre Eltern, die erinnerten sich gelegentlich an ihren richtigen Namen. Wenn Eva-Maria ihr zeigen wollte, wie wenig sie Lena bisher beachtet hatte, dann war ihr das gelungen.

»Ja, eigentlich aber Lena.«

»Gehen wir zusammen nach Hause?«

Ja, sag ich doch, hätte Lena am liebsten erwidert, doch sie ließ es bleiben. »Von mir aus«, antwortete sie brav. Schließlich wollte sie ja etwas von Eva-Maria und nicht umgekehrt.

Anna-Sophias zusammengekniffene Augen, als sie das ungewöhnliche Paar davongehen sah, waren schon Lohn genug für ihre Geduld. Im Zweifelsfall waren es nur zwei lächerliche U-Bahn-Stationen und ein paar Schritte zu gehen, das würde sie gerade noch aushalten.

»Kann ich Tina zu dir sagen?«, fragte Eva-Maria.

Lena schluckte krampfhaft. Niemand, aber auch wirklich gar niemand, sagte Tina zu ihr und niemals, aber auch wirklich niemals, würde sie das erlauben. Sie sah nicht aus wie eine Tina, sie fühlte sich nicht wie eine Tina und sie würde nie eine Tina sein.

»Äh, tut mir leid: Lena«, antwortete sie vorsichtig. Vielleicht hörte Eva-Maria ja nicht gut.

»Ach, ich dachte ja nur, Valentina ist so lang. Wie wär's mit Valli?«

Gab's das wirklich? Lena stöhnte innerlich. Laut sagte sie: »Eva-Maria ist auch lang und ich nenne dich nicht Evi.« Plötzlich erschienen ihr zwei U-Bahn-Stationen doch ziemlich weit.

»Meine Mutter aber.«

»Was deine Mutter aber?«

»Na, sie sagt Evi zu mir, aber nur wenn Papa und Paul-Adrian nicht hinhören.«

»Soso.« Gut, dass sie jetzt die Treppen zur U-Bahn hinuntermussten. Sie würde sich etwas einfallen lassen müssen, sonst würde sie die nächsten zehn Minuten nicht überleben.

»Wie wär's mit Lena«, versuchte sie es noch einmal, als sie sich in die überfüllte U-Bahn gequetscht hatten und sich mühsam an den Handgriffen festklammerten.

»Lena? Wer ist das?«

Die Frau war wirklich unschlagbar blöd. »Na ich, das ist meine Abkürzung.«

»Ach so, das klingt so . . . gewöhnlich.«

»Dann lass es eben.«

»Nee, geht schon klar, Lena also. Weißt du, Papa und Paul-Adrian mögen keine Abkürzungen«, plapperte sie weiter.

»Und deswegen nennt dich deine Mutter nur heimlich Evi?! Na, da bin ich aber froh, dass es bei uns keinen Mann gibt, der alles besser weiß«, stellte Lena ungnädig fest.

»Ja, ich weiß. Es ist bestimmt schrecklich, wenn die Mutter so gescheitert ist.«

Lena verschluckte sich. Ihre Mutter gescheitert? Wer kam denn auf so eine Idee! Seit sie Papa losgeworden war, wie Mama sich gerne ausdrückte, war sie regelrecht aufgeblüht, hatte ihre Agentur um entscheidende Schritte weitergebracht, führte ein traumhaftes Leben und sparte viele Stunden, in denen sie vorher hinter Papa hergeräumt, sinnlose Diskussionen mit ihm geführt oder sich sogar mit ihm gezankt hatte. Zeit, die nun Lena zur Verfügung stand, so merkte ihre Mutter hin und wieder an. Dass diese Rechnung nicht ganz aufging, fiel anscheindend nur Lena auf, sie hatte es aber aufgegeben, ihre Mutter darauf hinzuweisen.

»Ich bin froh, dass meine Eltern so eine glückliche Beziehung führen.« Was für ein Gesülze! Wie konnte ein Ehepaar glücklich sein, wenn es solche Kinder hervorgebracht hatte!

»Und ich werde niemals wieder eine Minute mit dieser Tussi verbringen, auch wenn es die süßeste Rache der Welt ist«, schwor sich Lena leise. Sie würde sich für Eva-Maria etwas anderes einfallen lassen müssen, etwas, das sie selbst weniger Nerven kostete.

»Wollen wir gemeinsam Hausaufgaben machen?«, fragte Eva-Maria arglos, als sie gemeinsam die U-Bahn-Station verließen.

»Um nichts in der Welt«, entfuhr es Lena. »Äh, um nichts in dieser Welt kann Goethe auf seinen Spaziergang verzichten, vielleicht ein anderes Mal.«

»Ach ja, wer ist Goethe?«

»Mein Hund.«

»Den kenne ich. Er ist ein wenig aggressiv, nicht wahr? Na ja, ist vielleicht gut für zwei alleinstehende Frauen, so ein Hund, aber mir ist unser Theo lieber. Der ist ja so süß!«

Theo war in Lenas Augen ein gemeingefährliches Monster, das – bei aller Tierliebe – unbedingt eingeschläfert gehörte oder mindestens einen Ganzkörper-Maulkorb tragen sollte. Goethe war auch dieser Meinung und deshalb schwoll ihm jedes Mal der Kamm, wenn die Theo-Töle geifernd und sabbernd durch den meterhohen Zaun knurrte, der den Garten von Eva-Marias Haus umgab.

»Na ja, ich hab ihn ja nur ein paarmal gesehen«, wich Lena aus. Hoffentlich waren sie bald zu Hause.

»Er hat ganz süße Löckchen vorne an der Stirn. Zu Weihnachten habe ich ihm Plüschmanschetten gekauft, der neueste Schrei. War gar nicht einfach, für seine Größe welche zu finden, aber zum Glück hat er so schlanke Beine. Ich fürchte nur, er mag sie nicht besonders.«

Plüschmanschetten? Für einen Kampfhund? Das war grotesk. Als würde man Godzilla eine goldene Herzchen-Kette um den Hals legen. Oder King Kong pinke

Puschen anziehen. Sie bogen gerade in ihre Straße ein, als Lena ein hässlich kreischendes Krachen auf der anderen Straßenseite hörte. Eva-Maria und sie fuhren herum. Da fummelte doch jemand an dem Zigarettenautomaten an der Ecke herum! Lena konnte nur eine blonde Haartolle, eine schwarze Lederjacke und Jeans erkennen. Jung war der Typ, wahrscheinlich noch keine sechzehn, denn sonst hätte er sich ja nicht so brutal an dem Gerät zu schaffen gemacht. Oder seine Geldkarte war blank. Aber halt, war das nicht …? Sie blickte schnell zu Eva-Maria. Sollten sie etwas unternehmen? Doch die stand nur mit aufgerissenen Augen neben ihr, öffnete ihre rot geschminkten Lippen und kreischte quer über die Straße, sodass nicht nur Lena fast die Ohren abfielen, sondern jetzt auch wirklich jeder in der Nähe aufmerksam geworden war und sich Lena keine Gedanken mehr machen musste, ob man jemanden herbeirufen sollte oder nicht.

»Paul-Adrian, was machst du denn da?« Eine selten blöde Frage, dachte Lena. Dreist war der vielleicht. Gut, die Straße war ruhig, hier war nicht viel los – aber trotzdem. Wie frech war das denn? Eva-Marias sauberer Bruder war gerade dabei, den Zigarettenautomaten um seinen Inhalt zu erleichtern. Ohne zu zahlen allerdings. Ertappt schoss er von seiner gebückten Stellung hoch und stieß sich den Ellbogen am Automaten an, fluchte ein schnelles »Scheiße« und kam über die Straße gerannt.

»Hast du sie noch alle? Halt bloß die Klappe, dumme Kuh, und zisch ab, ja? Ich wollte mir nur Zigaretten holen, aber das blöde Ding ist kaputt und spuckt nichts aus.« In seiner rechten Hand hielt er ein flaches unspektakuläres Werkzeug, nicht einmal so groß wie ein ordentlicher Hufkratzer, doch Lena konnte die Augen nicht abwenden. Wie magnetisiert hing ihr Blick daran fest. Eva-Maria öffnete den Mund, in ihren Augen tausend Fragen und null Antworten: »Aber du kannst doch Ziggis im Kiosk kaufen, du bist doch gestern sechzehn geworden . . .« Doch ihr Bruder fuchtelte mit seiner Zange in der Luft herum, als müsse er lästige Fliegen verjagen. »Los, zisch ab, hab ich gesagt, sonst setzt's was. Und kein Wort zu niemand.« Sie holte noch einmal tief Luft, drehte dann wortlos ab und ging weiter. Lena starrte noch immer das Gerät an, mit dem Paul-Adrian jetzt vor ihrer Nase herumwedelte.

»Und was glotzt du so? Dasselbe gilt auch für dich, kapiert?«

»Schon klar«, murmelte Lena und ging Eva-Maria hinterher. Mann, war sie froh, ein Einzelkind zu sein.

»Weißt du, Paul-Adrian ist echt voll in Ordnung. Der passt auf mich auf, keiner darf mir zu nahe kommen. Voll der Beschützer.«

Ja, der soll mal lieber auf sich selbst aufpassen, dachte Lena. Wer weiß, was der liebe Bruder sonst noch so alles in seiner Freizeit trieb.

»Du solltest ihn mal kennenlernen. So ein Netter ist

das, echt«, schwatzte Eva-Maria weiter. »Und so lieb mit Theo. Die beiden sind ein Herz und eine Seele, sagt Mama immer. Jetzt hat er den Mega-Liebeskummer wegen Leonie, der blöden Kuh. Ist eben total der Gefühlsmensch, echt.«

Echt, dachte Lena. Kein Wunder, Kampfhund und liebeskranker Nachwuchsgangster, ein Traumpaar. Das war ihr ja so etwas von egal, ob Paul-Adrian Liebeskummer hatte oder nicht. Immerhin hatte sie etwas auf diesem Heimweg gelernt: Freundin hin oder her, dann lieber keine als ausgerechnet diese eine. Mit letzter Kraft überzeugte sie Eva-Maria, dass sie wirklich keine Zeit hatte, heute Nachmittag zu ihr zu kommen, und ließ sie erleichtert vor dem protzigen Tor ihrer Villa zurück.

Endlich zu Hause. Endlich ohne nervtötendes Geschwätz. Zu allem Unglück begegnete ihr aber Hannah im Flur, darauf hatte sie nun echt keine Lust. Nicht nach diesem grausamen Heimweg. Obwohl, begegnen konnte man das eigentlich nicht nennen, denn Hannah stürzte regelrecht in ihre Wohnung und drehte sich nicht einmal um, als Lena ins Haus trat. »Hi Hannah!«, grüßte sie den Rücken. Zicke, dachte sie und die üble Laune, die ihr Eva-Maria beschert hatte, wurde zum klebrig-schwarzen Groll.

Nur so, entschuldigte sie sich später, konnte sie sich erklären, dass sie in ihr Notizbuch schrieb: »Eva-Maria verkohlt sich morgen die Haare, wenn ihr Greg Feuer für die Zigarette gibt«, und es auch nicht korrigierte, als sie mit merklich besserer Stimmung von ihrem Parkrundgang zurückkehrte, schnell ihr Vokabelheft mit den Karteikärtchen schnappte und weiter zur Kirche ging, um dort in Ruhe zu lernen. Für den morgigen Test. Mal wieder ein bisschen knapp fürs Lernen, aber besser als nichts. Ausnahmsweise gingen sie an Eva-Marias Haus vorbei und sofort sprang Monster-Theo wie wahnsinnig am Zaun hoch, knallte vor lauter Wut immer wieder gegen das Tor zur Straße und bellte, als wäre er zehn Hunde. Es war ein Höllenlärm. Obwohl sie mit Goethe schnell die Straßenseite wechselte, verfolgte sie das wütende Geifern noch die halbe Straße entlang, bis sie die Abzweigung zur Kirche nehmen konnten. Sie verspürte den dringenden Wunsch, Theo einen gehörigen Dämpfer zu verabreichen. Eine Zeile zum Thema »Geschwür im Hundedarm«, »Giftköder im Garten« oder »von der Leine losreißen und unters Auto geraten« und das Thema Theo wäre für sie und Goethe ein für alle Mal erledigt. Ups, was für schlimme Gedanken! Es war ja geradezu furchterregend, wie viele Todesarten ihr spontan für Theo einfielen. Er war eine unschuldige Kreatur, die von Menschenhand zur Bestie gemacht worden war. Und Bestrafungen sollten doch bitte nur an der entsprechend verantwortlichen Stelle vorgenommen werden!

Eigentlich war es unverantwortlich, dass sie alleine solche Entscheidungen treffen konnte. Ob Theo in ein

Auto rannte. Oder ob ihm sonst ein Missgeschick widerfuhr. Lena wurde klar, dass sie genau genommen über Leben und Tod bestimmen konnte ... über Theos Hundeleben und Hundetod. Wer wusste schon, wie weit sie gehen konnte mit ihrem Zauberbuch? Dabei wollte sie nicht einmal für den Tod einer fetten Taube verantwortlich sein. Oder einer Nacktschnecke. Das war ja schon mal klar. »Ich brauche jemand zum Reden«, dachte Lena. »Lilli, könntest du jetzt bitte mal ganz schnell herkommen?« Es war so verdammt traurig, dass sie hier noch keine Freundin gefunden hatte. Überhaupt, wären sie nicht hierher gezogen, müsste sie jetzt nicht über so schwierige Dinge nachdenken. Und sie müsste sich keine Gedanken über Freundinnen machen, dann hätte sie Lilli und die anderen und alles wäre wie immer. Sie hätte keinen glänzenden Stift gefunden, ein nutzloses Notizbuch würde in irgendeiner Schublade herumliegen, dafür hätte sie aber auch weniger Probleme.

Als sie sich in ihrer Kirchenbank einrichtete, kam ihr die Idee, sich an Pfarrer Hering zu wenden. So ein Pfarrer, das war doch ein selbstloser Mensch. Sie nagte an ihrer Unterlippe, während sie die Vokabelkärtchen sortierte. Oder würde er sie gleich bitten, eine große Spende für die Gemeinde zu besorgen? Wäre ja nichts Schlimmes dabei, oder? Sie könnte dann gleich für alle Gemeinden Spenden besorgen und endlich wäre Geld da, um sich um die Armen zu kümmern, marode Kirchen zu sanieren und für Wohlstand und Frieden zu sorgen.

»Du siehst besorgt aus«, unterbrach eine Stimme ihre Gedanken.

»Ich bin besorgt«, meinte sie, ohne aufzuschauen, und wühlte weiter in dem Stapel mit Vokabelkärtchen. Sie würde sich daran gewöhnen müssen, hier nicht mehr alleine zu sein. Warum kriegte diese Hannah eigentlich zu Hause den Mund nicht auf und kam dann hier an, als wäre nichts passiert und alles ganz normal? Mist, ausgerechnet die zwanzig wichtigsten Kärtchen hatte sie vergessen, und wenn sie direkt aus dem Heft lernen wollte, beschummelte sie sich immer selbst. Ganz automatisch. Konnte sie gar nichts gegen machen. »Wir schreiben morgen einen Vokabeltest und ich kann mich einfach nicht konzentrieren, nichts bleibt hängen.« Kein Wunder, bei dem Gedankensalat in ihrem Kopf, aber das konnte sie Hannah ja schlecht erklären.

»Ich helf dir, ja?«

Jetzt schaute Lena doch hoch. Direkt in Hannahs eifriges Gesicht, sie schien Lena wirklich helfen zu wollen. Dann rutschte ihr Blick tiefer. »Save the future«, stand da in dicken roten Buchstaben. Na dann, doch erst mal »Save the Lena«, oder? »Wie soll das gehen bei spanischen Vokabeln, hm?« Na ja, das war vielleicht nicht so nett gewesen. Aber sie machte sich eben Sorgen. Um den Weltfrieden sozusagen und um ihren Vokabeltest.

»Mein Vater war Spanier.«

»Öh«, Lena dachte kurz an das schreckliche FC-Barcelona-Shirt. Das erklärte natürlich einiges. Aber warum eigentlich »war«? Egal jetzt. »Na gut, hier. Seite fünfundvierzig. Du sagst das deutsche Wort und ich das spanische und nachher umgekehrt.«

Bereitwillig setzte sich Hannah ein paar Reihen hinter Lena in eine Bank, damit die nicht spicken konnte, und begann mit der Abfrage. Natürlich konnte man zu zweit besser Vokabeln lernen, das wusste jedes Kind. Zudem sich Hannah wirklich wunderbare Eselsbrücken einfallen ließ. »Oh, SCHMERZ, was du alles nicht weißt«, jammerte sie, als Lena mit dem Wort »dolor« Schwierigkeiten hatte. Und wenn Lena mal nicht gleich richtig tippte, schauspielerte und fuchtelte sie so lange, bis Lena entweder das richtige Wort ausspuckte oder lachend zusammenbrach. Eine halbe Stunde später hatte sie das Gefühl, wenigstens die Hälfte einigermaßen sicher draufzuhaben. Und als Hannah die spanischen Ausdrücke in einer übertrieben grottenschlechten Aussprache diktierte, riss sie ihr kichernd das Heft aus der Hand. Plötzlich blickte Hannah auf ihre Armbanduhr. Ihr Grinsen erlosch schlagartig, als hätte sie die Geister sämtlicher hier begrabener Ex-Pfarrer gesehen, sie drehte sich abrupt um, schnappte ihren Staubwedel mit extra-langem Stil und verschwand in dem kleinen Kabuff hinter dem Altar.

»Und tschüss«, murmelte Lena, während sie ihre

Kärtchen einpackte. Hannah war wirklich ein merkwürdiges Mädchen. Eben noch witzig und nett und dann auf und davon. Ganz seltsam.

Grübelnd verließ Lena den Kirchgarten. Hannah war wie vom Erdboden verschwunden – oder eher, wie von der Gruft verschluckt. Obwohl Goethe erfreut hin und her hopste, ignorierte sie ihn, nahm ihn an die kurze Leine und rannte fast nach Hause, wo schon ihre Mutter auf sie wartete. Das war ungewöhnlich; einerseits erfreulich, andererseits besorgniserregend. Mamas frühes Nachhausekommen konnte, wie gesagt, viele Gründe haben. Zurückhaltend ließ sie die stürmische Umarmung über sich ergehen, die Goethes Begrüßungsattacken echte Konkurrenz machte. Als sie den gedeckten Tisch mit Kuchen, Kerzen, Kaffee und Limo sah, wusste sie, dass Mama nur einen mütterlichen Kümmeranfall hatte. Also alles halb so schlimm. Vielleicht war ein Termin bei Kunden ausgefallen und sie wollte mit dieser geschenkten Zeit bei Lena punkten.

»Ich dachte, ich komm mal ein wenig früher und wir machen uns einen gemütlichen Nachmittag. Oder wollen wir noch shoppen gehen? Brauchst du eine neue Jeans? Und deine Jacke, mal im Ernst, die könnte in den Container und wir schauen nach einer guten Übergangsjacke.«

Übergangsjacke? Das hörte sich schrecklich nach Regenjacke mit Kapuze an. Nicht tragbar. Und es entsprach gar nicht dem von Eva-Maria und Anna-Sophia diktierten Stil. »Das ist lieb Mom, wir können ja mal schauen. Hast du keine Termine mehr?«

»Ähm, doch, später bin ich noch mal kurz weg, aber da schläfst du ja schon fast.«

Ach so. Hätte sich Lena gleich denken können. »Macht nix, Mama, ich muss eh noch die Spanischvokabeln checken, wir schreiben morgen einen Test.«

»Wunderbar, in Spanisch brauchst du dir doch keine Sorgen zu machen. Da warst du schon immer gut.«

Ja, genau, dachte Lena und mümmelte in ihre Kaffeetasse, und wenn alles rund läuft, bin ich morgen sogar noch besser – ohne noch mal in das Heft geschaut zu haben. Vokabeln lernen hin oder her, es gab ja einfachere Wege für Mädchen mit ihren Möglichkeiten.

»Morgen kann ich alle Vokabeln, die abgefragt werden. Ich schreibe in dem Test eine Eins« – so lautete ihr letzter Bucheintrag an diesem Tag.

Kapitel 4

Zwei Dinge geschahen am nächsten Morgen: Erstens wusste Lena die Hälfte der im Test abgefragten Vokabeln sofort, musste bei einem Viertel hart nachdenken und versagte bei dem letzten Viertel hoffnungslos. Und zweitens wurde ihr auf diese Weise klar, dass ihre Schreiberei sie nicht vor zukünftigem Pauken bewahren würde. Schöner Mist. Und warum? Sie hatte doch alles richtig gemacht: richtiger Stift, richtiges Buch, genaue Angaben. Lag es am Spanischen? Hatte sie vergessen, ausdrücklich zu erwähnen, dass sie spanische Vokabeln können musste? Das sollte sie unbedingt noch einmal ausprobieren. Zum ersten Mal hatte sie ihr Notizbuch samt Stift eingesteckt. Man konnte ja nie wissen, für Notfälle war so ein Wunderbuch sicherlich praktisch. Jetzt war ein Notfall. Eindeutig. Sie versuchte es in der nächsten Mathestunde und musste höllisch aufpassen, dass ihre Schreiberei nicht verdächtig wirkte und das Buch eingezogen wurde. Mann, das wäre vielleicht was! »Ich weiß alle Antworten auf Fragen, die Frau Kiesbaum stellt«, schrieb sie und nichts änderte sich an ihrem mathematischen Verständnis. »Frau Kiesbaum stellt nur Fragen, auf die ich Antworten weiß.« Nichts wusste sie. Also klar, ab und zu war ein

Zufallstreffer dabei, in völlig normalem Rahmen. Das lag aber auch daran, dass sie die linearen Gleichungen schon zum zehnten Mal durchkauten. »Wiederholung«, war Frau Kiesbaums zweiter Name. Erst als Lena »Frau Kiesbaum schreibt zehn lineare Gleichungen an die Tafel« eintrug, funktionierte die Sache und ihr kam ein furchtbarer Gedanke. Noch ein Test: »Cosima löst die nächsten fünf Gleichungen ohne Fehler.« Cosima, nicht gerade eine Leuchte in Mathe, strahlte, als sie von der Tafel zu ihrem Platz zurückkehrte. Endlich war für sie Mathe kein schwarzes, geheimnisvolles Loch mehr. Und auch Lena hatte etwas begriffen: Sobald sie nicht betroffen war, klappte es mit dem Wünschen, sobald sie sich aber selbst etwas zaubern wollte, passierte gar nichts. Zumindest, wenn es um die Schule und ums Lernen ging. Sie versank in düsterem Grübeln, das sich um alles andere als Mathe drehte. Was Lilli wohl dazu sagen würde?

Aber sie kam gar nicht dazu, sich lange solch elenden Gedanken hinzugeben, denn schon in der nächsten Pause wurde Lena Zeugin des Schauspiels, das sie für Eva-Maria inszeniert hatte – in ihrem gestrigen Schlechte-Laune-Anfall wohlgemerkt und, echt, sie hatte schon gar nicht mehr daran gedacht.

Ganz harmlos kam die ganze blasierte Clique bei ihrem Lieblingstreff, den Fahrradständern, zusammen, zum Abhängen und über andere Herziehen: die Strichmädchen, einige Jungs der oberen Klassen, zu denen auch Eva-Marias Bruder Paul-Adrian gehörte, sowie ein paar unwichtige Anhängsel und Speichellecker. Heute gab es ein besonderes Ereignis: Paul-Adrians neuer Motorroller. Einer, der endlich ein wenig schneller fahren würde als die lahmen Mofas, die man locker beim Joggen überholen konnte. Hat er wohl zu seinem Geburtstag bekommen, dachte Lena. Ein schnittiges Teil, das musste sie zugeben.

»Hey, was glaubst du, was der fährt, sag schon«, gab Paul-Adrian an.

»Na, wie viel so'n Ding eben fährt. Vierzig? Fuffzig?«, schätzte einer der Kumpels.

»Bist du doof oder was? Glaubst du, ich mach die Schnecke? Der geht ab wie Luzi, sag ich dir. Achtzig, neunzig, null Problem.«

»Mann, das ist doch voll gefährlich, was sagen denn die Bullen dazu?«

»Oller Schisser, nix sagen die, und wenn, mein Alter ist Richter, der biegt das schon wieder hin.«

Zum Kotzen, fand Lena, typisch Großmaul. Zum Kichern, fanden die Strichmädchen, die sich anscheinend köstlich amüsierten, obwohl sich keiner um sie scherte. Ehrlicherweise musste Lena zugeben, dass ihr die gesamte Clique ebenso wenig getan hatte wie die Strichmädchen: keine Schlägereien, keine Diebereien, keine Bedrohungen. Doch die wichtigtuerischen Rumhänger walzten einfach alles nieder, was nicht zu ihrem exklusiven Kreis gehörte, und das war nicht nur Lena, sondern mit ihr ein Riesenpulk anderer Schüler auch. Geflüsterte Bemerkungen hinter dem Rücken, gezieltes Übersehen und Missachten, Auslachen und Lächerlichmachen, damit man was zum Auslachen hatte.

Die Jungs boten sich gegenseitig Kippen an und einige pafften genussvoll, was Lena absolut nicht verstehen konnte, denn sie hatte es einmal probiert und das Gefühl gehabt, ein Stück lauwarmer Kohle zwischen den Lippen zu haben. Eva-Maria und Anna-Sophia griffen ebenfalls zu. Greg, der immer aussah, als wäre er nur aus Versehen oder aufgrund widriger Umstände an der Schule gelandet, klappte sein teures Edelfeuerzeug auf und hielt Eva-Maria die Flamme vor die Nase. Die beugte sich geschmeichelt vor und hielt cool ihre Zigarette mit einer Hand im Mund fest, um das Feuerzeug besser fixieren zu können. Leider saß ihre Sonnenbrille nicht bombenfest in den Haaren, sondern kam langsam ins Rutschen. Also musste sie immer wieder die Sonnenbrille nach oben schieben und die Haarsträhnen aus dem Gesicht streichen und das alles mit einer Hand und, na ja, vielleicht bewegte sie sich zu schnell, vielleicht war sie nervös und ein wenig ungeschickt, jedenfalls fiel die Brille plötzlich herunter und die Haare auch, direkt in die kleine, unschuldige Flamme, die ihr Greg immer noch geduldig unter die Nase hielt.

»Vorsicht, Evi«, kreischte Anna-Sophia schon, die eben noch stolz die Szene beobachtet hatte, denn von

Greg Feuer angeboten zu bekommen, das war schon was.

Binnen zweier Millisekunden flammten Eva-Marias Haare hell auf und umstrahlten ihr Gesicht wie ein Heiligenschein. Zwei Sekunden, die Lena wie Stunden vorkamen, stand Eva-Maria in Flammen, die Zeit reichte nicht zu schreien, niemand konnte so schnell reagieren, nicht einmal Greg, der ihr noch immer das Feuerzeug vor das Gesicht hielt und dabei ziemlich dämlich aussah, oder Anna-Sophia, die direkt neben Eva stand. Sie sprang sogar zur Seite, klar, sie wollte ja nicht ebenfalls vom Feuer erfasst werden und was hätte sie sonst tun sollen. Alle anderen standen starr vor Grauen. Es war ein Screenshot, das Bild eines gestoppten Filmes, mit einer lodernden Flamme in der Mitte.

»Wasser«, schrie da jemand, »hol doch jemand Wasser!«

»Eine Decke!«, schrie jemand anderes gleichzeitig, doch da war es schon vorbei. Eva-Marias Haare erloschen so schnell, wie sie aufgelodert waren, und endlich, endlich konnte auch Eva-Maria schreien. Da atmete auch Lena wieder aus, mit Tränen in den Augen, denn was sie hier gesehen hatte, war so furchtbar, dass sie es nicht glauben konnte. Die komplette Clique und alle, die in der Nähe waren, standen noch immer starr vor Grauen. Außer Eva-Maria, die schrie schrill und gellend. Dabei war ihr nicht wirklich viel geschehen. Es hatte schlimmer ausgesehen, als es nun wirklich war. Die Stichflamme hatte ihr den vorderen Teil der Haare verkohlt, doch sie würde auch mit einem Kurzhaarschnitt gut aussehen. Brandverletzungen waren nicht erkennbar und – Lena kniff die Augen zusammen, um besser sehen zu können – die Wimpern und Augenbrauen sahen ein wenig angeschmurgelt aus, sonst nichts. Wirklich. Doch sie schrie und schrie, als würde man sie bei lebendigem Leibe rösten oder ihr zumindest einen Finger in die Glut pressen, sie schrie so lange, bis sich Greg auf sie stürzte und ihr die Hand vor der Mund hielt, und sicher hätte er sie vor Verzweiflung und um diesen grauenhaften Schrei zum Verstummen zu bringen erstickt, wäre nicht Lena aus ihrer Schockstarre erwacht und zu Eva-Maria gestürzt und mit ihr mindestens zehn weitere Schüler, allen voran Anna-Sophia, und zwei Lehrerinnen, von denen die eine, Frau Windecken, eine Sportlehrerin mit Sanitäterausbildung war. Die Menge umschloss Eva-Maria wie eine Krake ihre Beute. Lena, die an den Rand zurückgedrängt worden war, konnte nur Fetzen der Diskussion hören, die um Eva-Marias Zustand entbrannte. Die schrie noch immer, immer häufiger allerdings unterbrachen ihre Schluchzer das Geschrei. Anna-Sophia schrie ebenfalls, allerdings nach einem Krankenwagen, damit hatte sie ja Erfahrung. Nur Greg schlich sich unauffällig davon, Lena konnte seine große Gestalt erkennen, die vor dem Eingang zu den NaWi-Räumen mit Paul-Adrian zusammentraf und sah, wie beide schnell hinter der Tür verschwanden. Endlich sprach Frau Windecken ein Machtwort, erklärte Eva-Maria für weitgehend gesund, verfrachtete sie aber ins Krankenzimmer, weil sie offensichtlich eine schwere Nervenkrise hatte, und vermutlich auch, um sie vor der Sensationslust der Mitschüler zu retten. Nur Anna-Sophia konnte sie nicht abschütteln, die klebte an Eva-Maria wie ein Popel an der Nase ... nein, also gut, wie Teig am Nudelholz.

Zurück blieb eine stumme, fassungslose Schar, der Eva-Marias Schrei noch immer in den Ohren klang. Lena fürchtete, den Schrei nie wieder aus ihrem Kopf herauszubekommen, der darin herumsprang wie ein eingesperrter Tiger. Sie schüttelte sich. Das half ein wenig, aber ein gelegentliches Echo tauchte noch den ganzen Tag über auf. Dass man aber auch so schreien konnte! Es dauerte eine Weile, bis sich die Zungen lösten und das Großereignis in allen Einzelheiten aufgearbeitet war. Die Stichflamme wurde in den Erzählungen immer höher, obwohl das Original Lena schon mehr als erschreckt hatte, der Grad der Verbrennungen nahm von Satz zu Satz zu und der Schrei wurde in den Diskussionen immer schrecklicher. Erst der massive Einsatz von mehreren Lehrkräften sorgte für ein Ende der Versammlung und auch für ein Ende der aktuellen und aller zukünftigen Raucherrunden, denn nicht nur Gregs Exklusiv-Feuerzeug, das er auf seinem Rückzug hatte liegen lassen, auch zahlreiche Zigarettenpäckchen und Streichholzschachteln wurden unter der Verkündung drastischer Strafen eingezogen.

Zum ersten Mal war Lena froh, dass sie Hannah in der Kirche traf. Stunden später natürlich. So sehr beschäftigte sie der Vorfall, dass sie nahezu ununterbrochen darüber nachdenken musste, und das ging am besten in der Kirche. Logisch war sie entsetzt darüber, was geschehen war. Was sie aber eigentlich beschäftigte, war die Tatsache, wie sehr sich geschriebene Worte von der Wirklichkeit unterscheiden konnten. Nie im Leben hatte sie sich die Szene so fürchterlich vorgestellt, die sie da mit einem kleinen Satz angestiftet hatte. Also musste sie einfach mit jemandem reden und diese Jemand war Hannah, weil sie praktischerweise anwesend war und ihre Gegenwart so wohltuend tröstete.

»Ich hätte nichts tun können«, seufzte sie, »gar nichts. So schnell konnte ich gar nicht reagieren.«

»Klar doch, könnte keiner. Du hast ja erzählt, dass alle wie zu Stein erstarrt waren, also musst du dir keinen Vorwurf machen.«

Hannah saß neben ihr auf der Kirchenbank und hörte geduldig zu, wie sie die Szene immer wieder bis in jedes Minidetail durchging. Manchmal strich sie sich ein paar der dunklen Haare aus dem Gesicht, die sich aus ihrem unordentlichen Zopf gelöst hatten, aber das waren ihre einzigen Bewegungen.

Wenn du wüsstest, dachte Lena, wenn du wüsstest,

wie sehr ich mir einen Vorwurf mache. Ich könnte im Notfall einfach nicht schnell genug schreiben, um Katastrophen zu verhindern. Wie bitte will ich denn eine Stichflamme verhindern, wenn sie schon voll entflammt ist?

»Weißt du, vielleicht hatte sie einfach zu viel Haarspray in den Haaren. Das Zeug ist hochentzündlich, und wenn sie zu dicht an die Flamme gekommen ist – wusch!« Hannah zeigte mit ihren Armen eine Explosion vom Ausmaß des Urknalls an.

»Meinst du wirklich, es lag am Haarspray? Daran habe ich gar nicht gedacht«, klammerte sie sich dankbar an diese Möglichkeit. »Ja, das könnte sein. Ich muss mal schnell was aufschreiben.«

Sie zog ihr Notizbuch aus der Tasche, wandte sich von Hannah ab und schrieb: »Der Friseur bewirkt wahre Wunder und Eva-Maria sieht mit ihrer Kurzhaarfrisur viel toller aus als vorher. Sie benutzt nie wieder Haarspray, ihre Wimpern und Brauen wachsen schnell nach und sie erholt sich heute noch von ihrem Schock.«

»So, jetzt geht es mir besser, danke Hannah.« Umständlich verstaute sie ihr Notizbuch wieder.

»Äh, schon gut, und deine Freundin da, weißt du, die wird jetzt vielleicht nicht mehr rauchen und ein bisschen vorsichtiger sein. Hat doch auch was Gutes, oder?«

Eine Weile schwiegen beide, was Lena schließlich unangenehm wurde. Nebeneinandersitzen und schwatzen war etwas anderes als nebeneinandersitzen und schweigen. Das ging vielleicht mit Lilli. Aber mit Hannah, der kleinen Zicke, ging das nicht. Noch nicht.

»Warum bist du eigentlich so häufig hier?«, fragte sie.

»Gefällt mir einfach hier. Und ich hab versprochen, ab und zu sauber zu machen.« Hannah zeigte auf den Feudel neben sich.

»Jeden Tag?«

»Na ja, ist eben eine besonders schmutzige Kirche. Und zu Hause ist es langweilig.«

»Aber hier rockt der Papst im Kettenhemd oder wie?«

»In einer evangelischen Kirche?« Hannah warf ihr einen verächtlichen Blick zu. »Du hängst hier doch auch rum!«

»Ich muss ja eh mit Goethe raus. Und hier kann ich irgendwie super lernen.«

»So, ich muss los, vielleicht kannst du ja später bei deiner Freundin vorbeischauen. Wird ihr sicher guttun«, sprach Hannah, schnappte ihren Feudel und verschwand im Kabuff. Zwei Sekunden später hörte Lena die Tür des Nebeneingangs zufallen.

Viel später klingelte Lena am Tor der imposanten brechsteinschen Villa und wurde mit wütendem Gebell für diese Unverschämtheit bestraft. Es klang allerdings so, als ob Theo irgendwo sicher hinter verschlossenen Türen bellte. Sie guckte direkt in die Kamera, die das Eingangsportal der Villa überwachte.

»Ja, bitte«, knorzte eine Frauenstimme durch den Lautsprecher.

»Lena, äh Valentina, eine Schulkameradin von Eva-Maria. Ich wollte sie kurz besuchen.« Ob sich Eva-Maria mal spontan mit Freunden treffen konnte? Oder musste ihr Besuch immer durch einen Spezial-Sicherheits-Check? Ihr Blick fiel auf die Tastatur an einer der Eingangssäulen. Nummerncode, wow, vornehm. Mit einem leisen Summen öffnete sich das Tor und Lena wurde Einlass gewährt. Noch immer dröhnte lautes Gebell über das Grundstück, sie konnte nur hoffen, dass Theo in einem Hochsicherheitstrakt des Hauses verwahrt wurde. Auf diese Begegnung legte sie keinen Wert.

Vielleicht wäre Theo doch besser gewesen, überlegte Lena, als sie von dem Hausmädchen, oder wie man Angestellte mit weißen Schürzchen nannte, in das Wohnzimmer geführt wurde, mitten hinein in die schönste Familien-Krisensitzung. Den Wohn*saal* eher gesagt, denn hier hätte locker das gesamte Schulorchester ein Wochenendtraining absolvieren können. Das hier drohte eine Quälerei ersten Grades zu werden, das erkannte sie sofort an den drei Augenpaaren, die sie durchbohrten. Drei, weil das vierte Eva-Maria gehörte, die auf einem harten Stühlchen vor einer überdimensionalen beigefarbenen Plüschsofawelt saß wie die arme Sünderin vor dem jüngsten Gericht und auf den Boden starrte. In der Sofalandschaft selbst thronten ein älterer Herr in piekfeinem dunkelblauem Zwirn mit stechenden, kalten Augen und blondem Haarkranz, der Eva-Marias Papa sein musste, und eine Dame, die wirklich eine Dame war, denn sie hatte toupierte (!) blonde Haare, trug Kostüm und Pumps und bemühte sich krampfhaft, nicht in den weichen Kissen zu versinken. Eva-Marias Mutter, wie Lena scharfsinnig schloss. Paul-Adrian versuchte, in der Pose des unbezwingbaren Helden am monströsen Marmorkamin zu lehnen, doch der war eindeutig drei Nummern zu groß für einen Zwerg wie ihn und die Inszenierung wirkte lächerlich, fand Lena. Kurz gesagt, Eva-Marias Vater konnte einem Angst machen, ihre Mama erweckte Mitleid, denn sie war so nervös, als wäre sie ein neu eingestelltes Hausmädchen in der Probezeit, und Paul-Adrian kam jetzt gerade in diesem Moment zu seinem Spitznamen und das war wirklich höchste Zeit: Paul, das A...

»Ja, das ist die Kleine, die hat alles beobachtet«, sagte Paul, das Aas, in diesem Moment mit herablassend gedehnter Stimme.

Ja, hatte der einen Vollknall oder was? Welche Kleine denn? Überhaupt, was starrte die ganze feine Gesellschaft sie an, als wäre sie eben aus dem Kanal gekrochen? Konnten die nicht anständig »Hallo« sagen? Lena, die sich hier sofort unwohl gefühlt hatte und unbedingt so schnell wie möglich wieder verschwinden wollte, spürte, wie sich ein ziemlich kleiner, goldiger Kampfgeist in ihrem Innern bereit machte. Nun, der konnte ja noch wachsen, oder? Sie drückte ihre Umhängetasche fest an sich, in der sie jetzt immer Notizbuch und Stift dabeihatte. Die versammelte Familie ließ sie nicht aus den Augen, als sie betont lässig auf Eva-Maria zuging und vor ihr niederkniete. Die hob ein schrecklich verheultes Gesicht und mal ehrlich, sie hätte mit ihrer neuen Kurzhaarfrisur super ausgesehen, wären da nicht die rote Nase und die verquollenen Augen gewesen.

»Deine Haare sehen toll aus. Nächste Woche werden alle Mädels an der Schule kurze Haare haben. Zu welchem Friseur gehst du?«

»Kannst du dir eh nicht leisten«, heulte Eva-Maria auf. Ach, ja richtig, dass sie eine ziemlich blöde Kuh war, hätte Lena vor Mitleid fast vergessen.

»Tja, ich wollte nur kurz schauen, wie es dir geht. Hab noch jede Menge zu tun.« Lena stand wieder auf. Wenn dies hier Eva-Marias glückliche Traumfamilie war, dann wollte sie doch lieber ganz schnell aus diesem bösen Traum erwachen.

»Nicht so schnell, junge Dame«, donnerte der Herr Papa. Gut, dass Lena stand, jetzt konnte sie auf ihn herabsehen, das gab ihr gleich ein besseres Gefühl. Allerdings wusste sie nicht, wo sie ihre Hände unterbringen sollte. In die Hosentaschen der Jeans schieben? Die Arme verschränken? Hinter dem Rücken falten oder weiterhin die Tasche umklammern? Himmel, der Mann fixierte sie so eindringlich mit seinen unangenehmen Augen, dass sie sich wie ein Hamster im Forschungslabor vorkam. Es machte sie schrecklich nervös, so angestarrt zu werden. Wenn dieser Mensch wirklich Richter war, wie Paul, der Allerletzte, behauptet hatte, dann wollte sie sich nie im Leben etwas zuschulden kommen lassen. Jetzt konnte sie Evas Mama und Eva verstehen, die so verhuscht aussahen. Wo bist du, du kleiner Kampfgeist, los, komm raus, ich kann dich gebrauchen. Aber der Feigling hatte sich versteckt und war unauffindbar.

»Nun lass mal hören, was da heute früh passiert ist. Ich bekomme nur Albernheiten und Ausreden serviert.«

»Was meinen Sie bitte, Herr Brechstein?«, fragte Lena höflich, um Zeit zu gewinnen.

»Nun, dieser unglückselige Vorfall, dem meine Tochter zum Opfer gefallen ist. Wir erwägen eine Klage gegen die Schule oder zumindest gegen den Jungen, der meine Tochter angezündet hat«, erklärte er ungeduldig.

»Oh, das.« Lena dachte angestrengt nach. »So viel habe ich auch nicht mitbekommen. Paul-Adrian stand genau daneben, der weiß es besser.« Ätsch, dachte sie. Wenn der glaubte, sie würde sich hier um Kopf und Kragen reden und den seinen noch retten, dann irrte er sich. Immerhin hatte sie noch einen Trumpf in der Hand: den Zigarettenautomaten. Ein falsches Wort und sie könnte ein wenig aus Pauls Leben erzählen.

»Paul-Adrian war überhaupt nicht in der Nähe, Kind, er war im Klassenzimmer, weil er so schreckliche Kopfschmerzen hatte«, flüsterte die Dame, die Eva-Marias Mutter war. Tolle Mutter. Lena zog die Augenbrauen hoch. So, so, Paulchen wurde von seiner Mutter gedeckt? Er versuchte, seinen Hintern mit einem falschen Alibi zu retten, und Eva war angeschmiert? Wirklich eine astreine Familie.

»Na so etwas, dann muss ich ihn wohl verwechselt haben. Jedenfalls kann ich Ihnen nicht weiterhelfen, Eva müsste es doch am besten wissen.« Niemand reagierte auf den leisen Spott, der in ihren Worten durchklang, keiner reagierte auf den halbierten Namen, was Lena noch mehr verstimmte. Sollte sie vielleicht doch den Zigarettenautomaten . . .?

»Eva-Maria steht unter Schock und die Schule unterstellt unseren Kindern, während der Pausen zu rauchen.« Der Vater klopfte ungehalten die Fingerspitzen seiner Hände gegeneinander, ohne Lena aus den Augen zu lassen. Lena wusste plötzlich, dass schon etwas ganz Außergewöhnliches geschehen musste, damit sie den Mut aufbringen würde, diesem strengen Herrn die Sache mit Pauls Zigarettenautomaten-Problem zu petzen. Und ein schneller Blick zu Paul, dem Abschaum, der sie überlegen angrinste, zeigte ihr, dass er das Gleiche dachte.

»Ja, so etwas habe ich auch gehört. Ich muss dann mal wieder.« Und in diesem Augenblick streckte ihr Paul, der allerwiderlichste Abschaum, unauffällig und nur für sie gedacht die Zunge heraus. Nicht wie das kleine Kinder machten, bäh, blöde Schnecke oder so, sondern so, wie widerliche, schamlose Asso-Kerle es taten, wenn sie ein Mädchen angraben wollten. Aber das konnte doch wohl nicht sein, oder? Wollte er sie einschüchtern? Sie war hier, in diesem Haus, schon so schüchtern, dass es für zehn Schülerinnen vor ihrer ersten Tanzstunde gereicht hätte. Hätte sie nur nicht zu ihm geschaut! Ihr rauschte das Blut in den Ohren und schoss direkt in die Wangen. Sie hätte schreien können vor Ekel, brachte aber keinen Laut über ihre Lippen. Noch nie, aber auch wirklich noch nie in ihrem ganzen Leben war sie mit obszönen Gesten bedacht worden, und niemals hätte sie gedacht, dass es sie so tief treffen würde. Mitten rein in ihr Schamgefühl. Ohne ein Wort zu sagen, flüchtete sie aus dem Horrorhaus, rannte die Zufahrt hinunter und hämmerte gegen das Tor, bis sich ein unsichtbarer Geist erbarmte und es sich bedächtig langsam öffnete. Noch bevor es sich bis zur Mitte geschoben hatte, war Lena durch den ersten schmalen Spalt gehuscht und die Straße hinuntergerannt. Nie, nie wieder würde sie dieses Haus betreten und nie, nie wieder würde sie sich mit Eva-Maria und ihrer bescheuerten Familie beschäftigen!

Kapitel 5

Als Lena die schwere Eingangstür ihres Hauses aufstieß, spürte sie sofort, dass etwas nicht stimmte. Sorgfältig schloss sie die Tür, ließ sie nicht wie sonst einfach laut zuknallen. Ein kurzes Lauschen – tatsächlich, von der Kellertreppe, die kurz vor dem hinteren Hofausgang steil nach unten ging, war ein unterdrücktes Schnaufen zu hören. Die Tür zum Keller stand normalerweise nicht offen. Aus gutem Grund: Der Abgang war eine gezielt eingebaute Falle, die sofort zuschnappte, wenn man vom Hof kam und aus Versehen einen leicht versetzten Schritt nach links machte. Rums, ohne Geländer und ohne Chance ging's in ein dunkles Gewölbe. Von da unten, aus dem schwarzen Nichts, drang dieses Schniefen. Dort versuchte jemand verzweifelt, ungehört zu bleiben. Lenas erste Vermutung war, dass tatsächlich jemand abgestürzt war. Aber blöd eigentlich, dann nicht laut um Hilfe zu rufen. Zögernd näherte sie sich dem Abgrund. Mist, sie konnte absolut nichts sehen. Ihre Augen waren noch nicht an die Finsternis gewöhnt, ihre Ohren störte die aber nicht. »Schnüff« machte es von der Treppe aus und jemand zog unfein die Nase hoch. Half ja alles nichts. Sie konnte schlecht nach oben gehen und das heulende Elend alleine lassen. Kurzentschlossen drückte sie auf den Lichtschalter. Die Funzel verbreitete verblüffend grelles Licht und Lena blickte direkt auf einen dunklen Haarschopf und bebende Schultern. Ach, herrje, die kleine Zicke Hannah!

»Was ist denn mit dir los?«, fragte sie ungehalten, ihre Stimmung war durch den Brechstein-Besuch noch immer völlig im Eimer und schließlich war es ja Hannahs Idee gewesen, bei Eva-Maria vorbeizuschauen.

»Ich dachte, hier hört mich keiner. Oben wollte ich nicht warten, damit das Baby nicht gestört wird«, flüsterte Hannah mit brüchiger Stimme.

Mit dem »Baby« meinte sie wohl den kleinen Ben, den Nachwuchs der Familie Teschke, die im Erdgeschoss den Zicken gegenüber wohnte. Der Kleine schlief meist bis in den späten Nachmittag, um dann mit frischer Energie seiner Mama den Rest des Tages zur Hölle zu machen. Seit ein paar Wochen war Lena Bens Babysitterin und wirklich, er konnte sehr ungehalten sein, wenn man ihn zur falschen Zeit aufweckte.

»Dann geh in eure Wohnung, dort stört dein Geheule Ben auch nicht«, schlug Lena sachlich vor.

Hannah wimmerte erneut. »Meine Mutter macht nicht auf. Ich weiß aber genau, dass sie zu Hause ist.«

»Ist doch nicht so schlimm. Hast du keinen Schlüssel? Vielleicht ist sie ja nur kurz was besorgen oder so.«

»Nein, ich habe keinen Schlüssel und sie ist immer da, meine Mutter. Ihr ist irgendwas passiert, ganz sicher.«

Natürlich konnte einem in einer Wohnung viel zustoßen. Man konnte beim Gardinenaufhängen aus dem Fenster stürzen, doch das hätte man mit Sicherheit von draußen bemerkt, und aus dem Erdgeschossfenster, na ja, das wäre ja nicht so dramatisch gewesen. Man konnte mit dem Haartrockner in die mit Wasser gefüllte Badewanne fallen, beim Staubwischen unter einem umstürzenden Regal begraben werden, beim Bügeln einen Herzanfall erleiden und natürlich mit dem Kopf in den Putzeimer geraten. Aber meistens passierten kleinen Kindern oder tüdeligen Omas solche Dinge. Trotzdem nahm Lena Hannahs Sorgen ernst. Die große Zicke, Hannahs Mutter, hatte sie bisher selten gesehen, aber Oma Leineweber aus dem ersten Stock hatte ihr erklärt, dass sie krank sei. »Keine Grippe, Kind«, hatte sie ihr verschwörerisch zugeflüstert, »das Schicksal hat sie krank gemacht. Sie ist ein wenig, na, du weißt schon.« Und dazu hatte sie den Zeigefinger neben ihrer Stirn gekreiselt.

Von oben, ganz weit entfernt, drang beleidigtes Bellen zu ihnen nach ganz, ganz unten.

»Komm mal kurz mit hoch. Goethe hat uns gehört, der dreht durch, wenn ich ihn nicht begrüße. Und deine Mom sitzt bestimmt nur ein bisschen länger auf dem Klo.«

Nachdem sie sorgfältig das Licht gelöscht und die Tür geschlossen hatte, folgte Hannah Lena nach oben. Inzwischen war Goethes empörtes Bellen einem winselnden Jammern gewichen. Er warf sich mit vollem Schwung gegen die Wohnungstür und ließ sie kaum eintreten.

»Warte mal kurz!«, schrie Lena Hannah zu, die von Goethe praktisch an die Wand gepinnt worden war, kaum dass sie die Tür geöffnet hatten. Sie hatte das Pech, einige Zentimeter kleiner als Lena zu sein, sodass er ihr gerade noch die Pfoten auf die Schultern legen konnte. Lena riss ihre Tasche auf, schlug das Notizbuch auf und schrieb: »Wenn wir jetzt klingeln, öffnet Frau Zickert ihre Wohnungstür.«

»Komm, wir gehen noch mal runter«, rief sie Hannah zu, die immer noch bewegungslos an der Wand klemmte. »Weg da, Goethe, aus, sitz! Nimm die Pfoten da weg.« Goethe gehorchte widerwillig und setzte sich freudig japsend neben Hannah. Sein ganzer Po wackelte vor Aufregung und Freude von links nach rechts wie ein besonders eifrig betätigter Wischmopp.

»Nee, lass mal, ich geh lieber alleine. Du hast recht, es wird schon nichts sein.« Hannah drückte sich aus der Wohnungstür und verschwand. Das konnte sie ja ziemlich gut, einfach so verschwinden. Aber da hörte Lena das laute Poltern von unten. Entweder schmiss Oma Leineweber mit Stühlen oder das Geräusch kam vom Erdgeschoss. Lena rannte Hannah hinterher. Die stand wie angewurzelt vor ihrer Tür, hinter der es ordentlich rumste.

»Willst du nicht klingeln?«

»Weiß nicht«, zögerte die.

»Klopfen?«

»Hm.«

»Also, vielleicht ist jetzt wirklich was passiert.« In diesem Augenblick krachte es erneut und Lena drückte kurz entschlossen auf die Klingel. Sie hörten ein unterdrücktes Schimpfen, jemand stolperte offensichtlich gegen die Tür, dann wurde am Schlüssel herumgefummelt und die Einbruchsicherung zurückgeschoben. Doch die Tür blieb zu. Hannah rührte sich noch immer nicht.

»Na, ist ja doch jemand da«, meinte Lena beherzt und griff nach dem Knauf, öffnete die Tür einen Spalt – und schreckte zurück. Nicht nur wegen des Gestanks. Die Wohnung war wochenlang nicht mehr richtig gelüftet worden. Man musste um die Luftqualität in der Innenstadt fürchten, wenn sich die Zickerts entschlossen, mal wieder so richtig die Fenster aufzureißen. Aber direkt neben der Tür hockte Frau Zickert. Sie sah mindestens dreihunderttausendmal schlimmer aus als Frau Teschke nach fünf durchwachten Nächten. Man konnte die Wohnung nicht betreten, ohne ihre Beine ein wenig zur Seite zu schieben und über sie hinwegzusteigen. Lena schaute direkt auf das fettig-strähnige Filzknäuel, das wohl einmal die Frisur von Frau Zickert gewesen war. Ein breiter graubrauner Streifen am Haaransatz zeigte, dass sie das Tönen in letzter Zeit vernachlässigt hatte. Sie trug einen Morgenmantel, der vorne aufklaffte und Lena den Anblick ihrer Unterwäsche bescherte, dafür trug sie aber keine Schuhe, sondern heruntergerutschte Socken, die auch schon bessere Tage gesehen hatten. Es war komisch, auf diese Art und Weise auf eine Frau, eine Mutter, herunterzuschauen. Undenkbar, dass Lenas Mutter in ähnlicher Weise auf dem Boden sitzen würde. Mit ihren schicken Kostümen, den turmhohen Pumps und den gut frisierten Haaren, von dem jedes genau wusste, wo es zu liegen hatte.

Selbst für besonders großzügige Menschen wie Lena war klar, dass dies nicht der korrekte Aufzug für nachmittags war, schon gar nicht für eine Mutter, die ihre Tochter erwartete. Selbst wenn man an der von Oma Leineweber angedeuteten Krankheit litt, konnte man doch ein bisschen auf sich achten, oder?

Endlich löste sich Hannah aus ihrer Erstarrung. »Mama? Mama, geht es dir gut? Ich bin es, Hannah, jetzt komm, steh auf, ja?« Sie packte ihre Mutter unter den Armen und wollte sie hochziehen. Unmöglich. Hannah würde das nie alleine schaffen, da hätte sie auch versuchen können, die Welt aus den Angeln zu heben. Frau Zickerts Körper war so schlaff wie ein Pudding und so schwer wie ein Pferd. Jetzt ging auch Lena in die Knie, um sich Frau Zickert näher anzuschauen.

Puh, sie dünstete wie die bierseligen Kioskbesucher an der U-Bahn-Haltestelle. Und je näher man ihr kam, desto mehr hatte man das Gefühl, sie habe am frühen Morgen eine erfrischende Schnapsdusche genommen. Lenas Magen rebellierte. Sie hüpfte in der Hocke ein Stück zurück. Mist, brachte nichts, hier half nur flach atmen und so schnell wie möglich wieder abhauen.

»Huhuuu, Frau Zickert, hier ist die Lena von oben«, versuchte sie sich bemerkbar zu machen. »Geht es Ihnen gut, sollen wir einen Arzt rufen?«

»Scheisch auf Ärsche«, war die einzige Reaktion, die sie bekam. Frau Zickert hielt den Kopf unverändert gesenkt, nichts deutete darauf hin, dass sie Lena erkannt hatte oder ihren Zustand irgendwie erklären wollte. Selbst ihre Tochter beachtete sie nicht, die sich immer noch mit ihren Armen abmühte, aber ihre Mutter voller Abscheu anstarrte. Lena seufzte, ganz leise und flach, damit sie diesen furchtbaren Gestank nicht einatmen musste.

»Komm, Hannah, gemeinsam schaffen wir das. Du rechts, ich links und dann los.« Sie schleiften Frau Zickert in die Tiefen der Wohnung wie zwei Bärenjungen eine Beute in ihre Höhle. Lena grauste. Hier war es nicht nur stickig und muffelig, sondern auch stockdunkel, bis auf ein paar funzelige Öko-Lämpchen, die ohne Lampenschirm von der Decke hingen. Frau Zickert hatte sämtliche Rollläden nach unten gelassen und alle Vorhänge zugezogen. Gemeinsam quetschten sie sich durch eine Tür ins Wohnzimmer. Dort konnte Lena im Dämmerlicht ein Sofa erkennen, auf das Hannah zusteuerte. Vorher mussten sie allerdings noch an einem Tischchen vorbei, auf dem sich leere Flaschen und Gläser stapelten, als hätte hier eine Party für fünfzig Leute stattgefunden. Der Verdacht lag nahe, dass Hannahs Mutter die Party alleine gefeiert hatte.

Kaum dass sie das Sofa erreicht hatten, riss sich Frau Zickert mit unerwarteter Kraft los, knurrte ärgerlich wie ein alter Hund und wollte ohne Hilfe weitergehen. Eher gesagt ohne Hilfe umkehren. Offensichtlich in ihr Schlafzimmer. Schwankend, sich immer wieder an Möbeln und Wänden abstützend, schlurfte sie über den dunklen Flur davon. Wie diese Frau ging! Wie alt mochte sie sein? Wie ihre Mutter wahrscheinlich, nur bewegte sich die dynamisch und schnell, um nur ja keine Zeit zu verschwenden. Hannahs Mutter kroch, als wäre sie mit dem »einsamen George«, der berühmten Riesenschildkröte, verwandt, stolperte fast über eine gewölbte Teppichkante, den Rücken krumm, die Hände tastend rechts und links ausgestreckt, als wären es Stützräder eines Kinderfahrrades. Statt Mitleid zu haben, wurde Lena sauer. Wie konnte sie das ihrer Tochter antun! Kein Wunder, dass die immer überflüssig in der Kirche herumhing und sie beim Nachdenken störte. Und diese Wohnung, das war ja so deprimierend, nicht zum Aushalten. Sie hatte es plötzlich eilig hinauszukommen.

»Kommst du mit mir nach oben?«, fragte sie Hannah, die ihrer Mutter hinterherschaute. »Hier kannst du sowieso nichts ausrichten, ich denke, deine Mutter ist frühestens heute Abend wieder ansprechbar.«

»Bist wohl eine verdammte Therapeutin, oder was«, schnauzte Hannah, wieder voll die kleine Zicke. Die Selbstverständlichkeit, mit der ihr die »Therapeutin« über die Lippen kam, verriet, dass sie Erfahrung damit hatte. Also wirklich. Anstatt sich zu bedanken, dass sie, Lena, sich um ihre stockbesoffene Mutter gekümmert hatte, maulte sie hier rum. Vielleicht stand sie unter Schock. So wie Eva-Maria – doch halt, an die wollte sie doch nie wieder denken und so viel schockierte Leute an einem Tag, das war einfach zu viel.

»Na ja«, meinte sie versöhnlich, »ich bin jetzt jedenfalls oben. Wenn du was brauchst oder so?«

»Du hast ja wirklich keine Ahnung!«, fauchte Hannah, schob Lena zur Tür hinaus und knallte diese zu, als wolle sie das Haus zum Einsturz bringen. Prompt ertönte ohrenbetäubendes Geschrei aus der Nachbarwohnung. Ein Wunder, dass Ben bei dem ganzen Theater bis jetzt durchgehalten hatte. Dann folgte ein unfeines Schimpfen. Und ehe sich Lena verdrücken konnte, wurde die Tür gegenüber aufgerissen und eine wutschnaubende Frau Teschke stand dort, bereit, dem Türenknaller den Anschiss seines Lebens zu verpassen.

»Ich war's nicht«, meinte Lena schnell und winkte

mit dem Daumen in Richtung Zicken-Wohnung. Schließlich hatte sie einen Job zu verlieren und wollte es sich nicht mit ihrer Arbeitgeberin verderben.

»Oh, ach so, die. Ja, da kann man nichts machen.« Frau Teschke fiel regelrecht in sich zusammen, der Wutanfall verpuffte so schnell, wie er gekommen war. Auch sie musste zum Friseur, dringend. Bald würde es sich lohnen, einen Hausfriseur zu engagieren, der einmal im Monat vorbeikam und sich der grundsätzlichen Probleme der Bewohnerinnen annahm. Außer Herrn Teschke, dem anstrengenden Ben und dem smarten Banker, der im ersten Stock gegenüber Oma Leineweber wohnte, gab es nur Frauen im Haus und die wären sicherlich alle froh, wenn man das Styling-Thema so bequem lösen könnte.

Frau Teschke sah nicht nur friseurbedürftig, sondern auch müde aus. Man wusste nie, ob sie schon wieder oder noch immer müde war. Deshalb konnte Lena unmöglich Nein sagen, als Frau Teschke fragte, ob sie nicht morgen auf Ben aufpassen könnte, sie müsse dringend mal was für sich tun.

»Klar«, meinte Lena also, »und wann?«

»So kurz nach dem Mittagschlaf? Halb vier? Dann mache ich gleich mal einen Friseurtermin aus.«

Lena nickte verständnisvoll und Frau Teschke verschwand wieder, um nach ihrem Brüllwürfel zu schauen, der inzwischen mit der Lautstärke einer Hochdrucksirene Aufmerksamkeit forderte. Was für ein

Tag, dachte Lena. Die Eva-Katastrophe, der Eva-Besuch, das Zickenproblem und jetzt auch noch Frau Teschke. Wenn sie nicht achtgab, dann konnte sie eine Art Sozialstation aufmachen und sich nur noch um bedürftige Menschen kümmern. Doch jetzt war sie selbst auch mal bedürftig und sehnte sich nach einem guten Chat. Oder sollte sie Lilli lieber gleich anrufen? Das Tagesgeschehen sprengte schließlich die Wände jedes Chatrooms. Eine Mail? Sie ließ sich an ihrem Notebook nieder und fing an zu schreiben. Zum ersten Mal, seit sie und Lilli unzertrennliche Freundinnen geworden waren, konnte sie ihr nicht die Wahrheit sagen – und auch nicht schreiben. Es war ein schlauer Rat, Dinge, die man jemandem nicht sagen konnte, aufzuschreiben. Normalerweise klappte das ganz gut. Doch sie brachte es nicht fertig, über ihre Mitschuld an Eva-Marias Unglück zu berichten. Zu sehr schämte sie sich und kam sich klein und gemein vor. Lilli wünschte sich bestimmt keine Freundin, die jemand anderem solche Dinge antat. Also schilderte sie die Stichflammen-Story als zufälliges Unglück und behauptete, Eva-Maria hätte ja nun ihre Strafe und jetzt bräuchte sie nicht mehr dafür zu sorgen. Und auch bei der Sache mit Paul, dem Abflusslecker, schrieb sie nicht die ganze Wahrheit. Nur, dass er widerlich war. Und eklig. Und kriminell – und dass er einen protzigen Motorroller fuhr. Aber chatten musste trotzdem sein. Gleich nachdem die Mail abgeschickt war, suchte sie Lilli.

Lena: Huhuu, Lilli!

Lilli: Hmm, lese gerade deine Story. Hammer.

Lena: Ich hab rausgefunden, dass der Zauber bei mir nicht wirkt, ist das nicht zum Heulen? Immer wenn ich mir etwas herbeischreiben will, geht gar nichts. Nicht mal ne olle Jeansjacke. Heul, heul.

Lilli: Ich heul auch gleich. Habe Wünsche, die reichen für uns zwei.

Lena: Haha, sehr witzig. Morgen gibt's aber ne Überraschung für dich, ja? Mal sehen, ob's klappt.

Lilli: ☺ Sag schon. Ich kann nicht schlafen, wenn ich's nicht weiß. Habe heute schon neue Gamaschen für Bosco bekommen. Und eine neue Gerte. Die alte hat Bosco zerrupft. Und ich habe mich zum Turnier gemeldet. In vier Wochen. Schon jetzt Herzklopfen ohne Ende. Drück mir die Daumen, ja?

Lena: Ich verrate nichts. Und ich kann mir nicht mal gute Noten zaubern, elend ist das.

Lilli: Nimm's nicht so schwer. Ist so schon genial genug, deine Wunderschreiberei. Wenn du dir keine Jeansjacke direkt wünschen kannst, dann schreib doch, dass sich deine Ma genau die gewünschte Marke und die Größe kauft. Musst ja nicht schreiben, dass sie für dich ist, oder? Da ist Kreativität gefragt.

Lena: Stimmt, ich Huhn. Bist die Beste, wirklich, danke, danke.

Lilli: Sag ich ja.

Himmel, ich bin wirklich blöd wie Brot, dachte Lena. Klar, sie musste nur ihre Wünsche ein bisschen neutraler formulieren und schon stand ihr die Welt offen.

Aber erst mal war Lilli dran, die hatte sich mit ihrer genialen Idee ein Geschenk verdient. »Ab morgen springt Bosco sämtliche Hindernisse der M-Klasse ohne Probleme und mit Begeisterung. Auch Doppel- oder Dreifach-Oxer.« So, das müsste reichen, um Lilli in einen mehrwöchigen Freudentaumel zu versetzen. Außerdem brauchte sie so in vier Wochen auch nicht mehr ans Daumendrücken zu denken.

KAPITEL 6

Zu Lenas Erleichterung verhielten sich Eva-Maria und Anna-Sophia schon bald wie immer. Sie ignorierten sie. Und das ganz von selbst, ohne dass Lena mit ihrem Notizbuch vorsorgen musste. Denn wirklich, am liebsten wäre es ihr gewesen, sie hätte die unglückseligen Episoden vergessen und einfach weitermachen können wie bisher. Das hieß: kein Kontakt zu den Strichmädchen und vor allem kein Kontakt zu Paul, dem Amateur-Macho.

Allmählich fühlte sie eine leichte Verknotung im Hals, ein Gefühl, das sie immer dann bekam, wenn einfach alles ein wenig viel wurde. Kurz gesagt, sie fühlte sich gestresst. War ja auch kein Wunder, bei ihrem Tagespensum: Schule, Hausaufgaben, Gassi gehen mit Goethe, Cello, Babysitten und unvorsichtigerweise der Eintrag ins Notizbuch, dass die eigene Mutter sich mal wieder Zeit für einen nehmen würde. Sie hatte nicht mal Gelegenheit, in die Kirche zu gehen und ihre Gedanken zu ordnen. Mist. Also musste eben auch Goethe in den leeren Hundenapf beißen und mit einem lieblosen Straßenlauf anstelle seines geliebten Parkausfluges vorliebnehmen. Kaum wieder zu Hause, klopfte sie bei Teschkes. Frau Teschke öffnete und sah aus, als wäre sie gerade einem Tsunami entkommen: zerfledderte Haare, große grünbraune Flecken auf T-Shirt, Jeans und im Gesicht, die Hinweise auf Bens Mittagessen gaben. Aber ihre Augen strahlten voller Hoffnung und Vorfreude auf einen freien Nachmittag.

»Komm rein, er ist gerade aufgewacht«, verkündete sie und Lena glaubte in ihren Augen neben dem Strahlen noch ein kleines bisschen Schadenfreude zu erkennen. Baby Ben war eigentlich gar kein Baby mehr, denn er konnte schon laufen und in selbstmörderischer Absicht sein Leben gefährden. Babys gehörten in Kinderwagen oder Laufställe und alles, was dem entwachsen war, durfte sich nicht mehr Baby nennen, fand Lena. Immerhin krähte er süß und brabbelte, als Lena auf ihn zuging. Na ja, Lena musste sich eingestehen, dass er bei jedem Menschen fröhlich gackerte, der ihn unter den Armen kitzelte oder mit einem Quietschtier vor seiner Nase herumfuchtelte. Beim letzten Babysitting hatte er sogar dem makellosen Banker aus dem ersten Stock ein Lächeln entlockt, als sie ihm im Hausflur begegnet waren.

»Ich bin ja so froh, dass du so kurzfristig kommen konntest«, freute sich jetzt seine Mama. Eine ungewaschene Strähne klebte Frau Teschke in der Stirn, die sie ungeduldig beiseitewischte. Meine Güte, dachte Lena, ich hätte es nie über mich gebracht, abzusagen. Die Frau brauchte nicht nur einen Friseurbesuch, die brauchte eine sechswöchige Kur auf einem Kreuzfahrtschiff, weit weg von jeder Stadt, von jedem Kind und vielleicht auch von ihrem Mann, dem Herrn Teschke, der eigentlich einen ganz netten Eindruck machte, aber eindeutig nicht genug auf seine Frau aufpasste.

»Ich verschwinde am besten gleich, jetzt hat er noch gute Laune, ja?« Frau Teschke packte Baby Ben, knutschte und drückte ihn, bis sich Lena fragte, ob sie vorhatte, jemals wiederzukommen, packte dann ihre Handtasche – Gott sei Dank nicht einen kleinen Koffer – und verschwand mit einem breiten Dauergrinsen im Gesicht aus der Wohnung. Lena hätte an ihrer Stelle vielleicht noch das T-Shirt gewechselt, aber sie traute sich nicht mehr, sie darauf hinzuweisen.

»Na, Bennilein, was machen wir denn nun Feines?« Lena plumpste auf den Boden und stapelte die nächste halbe Stunde Becher und Bauklotztürme, die Ben wieder umschmeißen durfte, schaute mit ihm Bilderbücher über Bagger, Traktoren und andere Buddelfahrzeuge an und erzählte ihm Unsinn mit Handpuppen, die er vor Begeisterung unbedingt aufessen wollte. Schließlich war es Zeit, sich den Hausaufgaben zu widmen. »Ben spielt ab jetzt eine Stunde friedlich allein und macht keinen Blödsinn«, schrieb sie in ihr himmlisches Notizbuch und tatsächlich, sie schaffte es, mit den Hausaufgaben fertig zu werden, bis Ben pünktlich nach einer Stunde anfing zu quäken. So ein Buch-Stift-Set war wirklich der Traum aller Babysitter – und wäre der Traum aller Mütter, garantiert. »Um nichts in der

Welt gebe ich diese Wunderdinger wieder her, ich bin die Königin aller Babysitter«, jubelte Lena vergnügt.

Als Frau Teschke nach zwei Stunden von ihrer Schönheitskur wiederkam und ihren fröhlich brabbelnden Sohn entgegennahm, sah sie tatsächlich wesentlich besser aus. Kürzere, frisch gewaschene und leicht lockige Wellen umrahmten ein – müdes, aschgraues Gesicht, das dringend einmal auf Erholungsfahrt gehen sollte. »Vielen, vielen Dank, ich fühle mich wie ausgewechselt. Wenn eine Frau nicht gut aussieht, dann funktioniert doch gar nichts, stimmt's?« Sie zwinkerte Lena über Bens Kopf hinweg zu, die jedes Mal, wenn sie vom Friseur kam, hoffte, dass sie keinem Bekannten begegnete, und sich zu Hause schnell die Haare wusch, um den Anschein von Friseurbesuch sofort wieder zu beseitigen. Auch bei Frau Teschke hielt die Pracht nicht lange. Noch ehe Lena wieder verschwunden war, hatte Ben seine fettigen Grapschfinger in ihren schönen Haaren vergraben, darin herumgezauselt, einen hässlichen Knoten produziert und war nun nicht mehr zu bewegen, seine verkrallte Faust wieder herauszunehmen. Liebe Güte, höchste Zeit für einen schnellen Abgang.

Sie schloss leise die Tür hinter sich und stieß fast mit dem Banker zusammen. Man begegnete ihm so selten, dass man sich schon fragte, wozu er überhaupt eine Wohnung brauchte und ob es für manche Firmen nicht besser wäre, Übernachtungsmöglichkeiten in ihrem

Unternehmen anzubieten. Sagte zumindest Oma Leineweber. Oder hatte er einfach ein turbulentes Privatleben, das ihn von seiner Wohnung fernhielt? »Hi«, grüßte sie freundlich, als er schon halb die Treppe hinaufgeeilt war. Immer zwei Stufen auf einmal, ganz der dynamische Karrieremann. Er schaute über seine Schultern zurück, als hätte er im letzten Augenblick bemerkt, dass er sein Schnupftuch verloren hatte, zuckte dann ratlos die Schultern, meinte kurz: »Hi, ich heiße Lars«, und verschwand rasch weiter nach oben. Na ja, immerhin hatte er gegrüßt, etwas, was gewisse andere Hausbewohnerinnen bis heute nicht fertigbrachten. Eigentlich sah er sogar ganz nett aus mit seinen grauen Schläfen und seinem korrekten Anzug, Typ: entschärfter George Clooney. Kurz überlegte sie, ob Lars, der Banker, ihrer Mutter gefallen würde, doch viel lieber war ihr, wenn die sich wieder mit Papa versöhnen würde. Apropos, das Thema Eltern konnte sie ja mal langsam in Angriff nehmen, oder?

Bis ihre Mutter nach Hause kam, setzte sie sich noch einmal über ihr Notizbuch und machte eine Eintragung zu Bens zukünftigem Schlafverhalten, das sich ab heute Nacht zum Positiven ändern würde. Sie schaute auf die Uhr. Aha, konnte nicht mehr lange dauern, bis ihre Mutter erschien, immerhin hatte sie gestern Abend noch schnell geschrieben: »Mama hat morgen ein schlechtes Gewissen, kommt früh nach Hause und lädt mich zum Late-Night-Shopping ein«, inklusive einer langen Einkaufsliste. Nix Übergangsjacke und robuste Schnürschuhe. Mama würde plötzlich den dringenden Wunsch verspüren, Lena zwei Paar der angesagtesten Sneakers zu kaufen. Zwei, weil sich Lena absolut nicht auf eine Farbe festlegen konnte. Ha, Lena liebte Late-Night-Shopping, am besten mit vorhergehendem Kino-Besuch. Viermal im Jahr bot eines der hundert Einkaufscenter in der Stadt Shopping bis Mitternacht und darüber hinaus an, mit Party, Musik und Angeboten, denen nicht mal Mama widerstehen konnte – und heute schon gar nicht.

Zurück zu dieser Mama-Papa-Sache. Sie musste genau darüber nachdenken, wie sie den Eintrag am besten formulieren konnte. Eindeutig musste er sein und garantiert ohne Nebenwirkungen, denn es durfte ja nichts schiefgehen bei so einer wichtigen Angelegenheit. Ein Schuss, ein Treffer sozusagen. »Was meinst du, Goethe«, überlegte Lena laut, »Mama ist doch der sachliche Typ, oder? Romantisch aber auch. Wenn ich nur an die ollen Kitschstreifen denke, die sie sich so gerne ansieht. Die kenn ich ja selbst schon auswendig.« Sie versuchte, sich an eine Szene zu erinnern, die Mama besonders gut gefallen hatte. War es bei *Pretty Woman,* als der alte Richard Gere mit seiner Stretchlimousine vorfuhr und anschließend die Feuerleiter hinaufkletterte, um das Herz der schönen Julia Roberts zu erobern? Oder gefiel es ihr besser ohne viele Worte, so wie in *Ein Offizier und Gentleman,* als der Held seine

Angebetete einfach auf seine starken Arme nahm und aus der schrecklichen Fabrik trug, weil er endlich erkannt hatte, dass sie zusammengehörten? Auch schön. Papa trägt Mama aus der Agentur, überlegte Lena. Die Leute würden glotzen, dass ihnen die Augen aus dem Kopf fielen. Sie schrieb: »Bei ihrer nächsten Begegnung fällt Papa vor Mama auf die Knie, gesteht ihr seine Liebe und trägt sie auf Händen, mindestens zehn Schritte.« Zufrieden las sie den Satz. Ja, wenn da eine Frau nicht weich wie Vanilleeis wurde? Papa auf Knien, Papa, der Mama in den Armen hielt, die Gesichter so nah beieinander, dass sie sich gleich küssen konnten – wenn sie wollten. Das traute sie sich nämlich nicht zu schreiben, das war doch irgendwie zu peinlich. Ihr Papa und ihre Mama beim Küssen, hm. Überhaupt, ihr Papa? Der strenge Geschäftsmann, der Weltreisende mit dem Null-Zeit-Konto? Der Mann, der ihr versprochen hatte, sie würden statt vieler langweiliger gemeinsamer Wochenenden lieber einmal im Jahr ordentlich einen draufmachen und für zwei Wochen in einen todschicken Club nach Barbados fliegen, der Papa, der ihr aus allen Winkeln dieser Erde Postkarten mit immer dem gleichen Text schickte, weil er glaubte, dass sie Briefmarken sammelte? Dieser nullromantische Vater auf den Knien vor seiner Ex-Frau, die mindestens ebenso geschäftstüchtig war wie er? Das war wirklich der Gipfel der Romantik, fand Lena, aber ein kleiner Zweifel nagte doch an ihr, ob es auch das Richtige für die beiden war. Zum Glück war noch Zeit bis zu dieser Begegnung, Papa würde frühestens in vier Wochen für einen kurzen Zwischenstopp hier vorbeischauen. Bis dahin konnte sie sich ja noch etwas Besseres einfallen lassen. Vielleicht doch ein paar Blumen vorneweg? Sie beschloss, ihre Mutter ein wenig unter die Lupe zu nehmen und auszuhorchen, welche Qualitäten sie an einem Mann schätzte, dann war sie auf der sicheren Seite.

»Schahatz«, tönte es da aus Richtung Wohnungstür. »Schahatz, ich habe eine wunderbare Idee!«

Ach, wirklich, dachte Lena, da bin ich aber mal gespannt. »Was denn, Mami?«

»Was hast du heute so getrieben? Cello? Läuft es? Kommst du voran? Probleme in der Schule?«

Ach, Mama hakte erst ihre Checkliste ab. »Alles in Ordnung, ich war sogar noch bei Teschkes babysitten.«

»Oh«, machte ihre Mutter enttäuscht, während sie sich aus der Jacke ihres Kostüms schälte. »Dann bist du mit dem Schulkram noch nicht fertig?«

»Doch, komplett, wieso?« Jetzt komm schon auf den Punkt Mama, stöhnte Lena innerlich.

»Wirklich? Trotz Ben? Ich dachte, wir gehen mal wieder ins Kino und danach ein wenig shoppen. Stell dir vor, heute ist Late-Night-Shopping!« Mit triumphierendem Blick hing ihre Mutter den Blazer auf. Ordentlich, weil das Zeit sparte, dann musste man das Ding nicht wieder aufbügeln vor dem nächsten Tragen.

»Nein! Ist ja toll! Super Idee, Mama, dann kann ich gleich mein verdientes Geld unter die Leute bringen.«

»Genau! Als hätte ich es gewusst, oder?« Lena bekam einen überschwänglichen Kuss auf die Backe gedrückt. »Ich zieh mich nur schnell um, dann kann es losgehen.« Fröhlich trällernd verschwand sie in ihrem Schlafzimmer und Lena klemmte sich schnell hinter ihr Notebook, weil sie unbedingt noch Lilli erwischen wollte. Aber da war schon eine Nachricht in ihrer Postbox.

Lilli: Mensch Lena, Bosco springt, als hätte er Flügel. Steckst du dahinter?? Geniale Idee, vielen Dank!

Ach, war das schön. Mit einem Satz einen Menschen glücklich machen, so einfach war das also.

Lena: Juhuu, Glückwunsch zum Springpferd. Vielleicht schaffe ich es, beim Turnier dabei zu sein, zum Gratulieren natürlich, nicht zum Daumendrücken.

Lilli: Hey, endlich bist du online! Dachte schon, du bist heute komplett ausgeflogen.

Lena: Bin nur im Stress, volles Programm und dann noch Babysitten.

Lilli: Warum? Du kannst dir doch eine Taschengelderhöhung herbeischreiben oder gleich den Lottogewinn. Musst es halt nur richtig formulieren.

Lena: Ja, aber Frau Teschke tat mir so leid und Benni kann ja auch ganz süß sein. Hab ihn mir ein wenig ruhig geschrieben. Jetzt geh ich mit Mama shoppen.

Lilli: Neid, Neid, wenn du was Gutes entdeckst, schickst du's mir dann?

Lena: Klar, warum nicht, du Landei ☺.

Lilli: Haha, ich bin gerne ein Landei oder gibt es bei dir in der Nähe einen Stall mit großen Weiden und einem geilen Ausreitgelände?

Lena: Nee, wäre wohl ein bisschen auffällig, wenn ich das mal so kurz herschreiben würde.

Lilli: LOL

Lena: Muss Schluss machen. Konsum ist angesagt. CU

»Komme schon«, rief sie ihrer Mutter zu und kramte nach ihren alten Sneakern, die sie morgen in den Müll werfen würde.

Vom Film noch halb benommen, betraten Lena und ihre Mutter das überdimensionale Einkaufszentrum. Natürlich hatte sie ihre Mom in einen Liebesfilm gezerrt, um Anregungen für die bevorstehende Versöhnung mit Papa zu bekommen, doch ohne Erfolg. Die Story trottete träge und undurchschaubar vor sich hin wie hartnäckiger Nebel an einem nieseligen Novembertag. Absolut romantikfrei, wie Lena fand, und null Idee für die Mama-Papa-Wiedervereinigung.

»Und«, fragte ihre Mutter, »wie fandest du ihn?«

»Wen?«

»Na, den Film.«

»Och, irgendwie langweilig. Der Typ kriegt die Gesichts-Fünf und dann ging's ja nur ums Kinderkriegen und so.«

»Ja, mir sind die alten Klassiker auch lieber. Es geht

eben nichts über ... ach guck da drüben, da wollte ich schon lange mal rein.« Schade, fast hätte Mama ihren Lieblingsfilm verraten, doch im Einkaufstrubel war das schnell vergessen.

Drei prall gefüllte Einkaufstüten später waren sie auf der Suche nach einem netten, kleinen Bistro, um den Füßen und Armen eine kleine Verschnaufpause zu gönnen, wie sich Mama ausdrückte. Und da entdeckte Lena jemanden, den sie niemals beim Late-Night-Shopping erwartet hätte. Weil sie nämlich sonst niemals dorthin gegangen wäre. Und weil sie ja nicht alle miesen Fallen des Schicksals vorhersehen und mit ihrem Notizbuch ausschließen konnte. Genau, Paul, der Abgrund, in voller Scheußlichkeit mitten in einem Clan genauso erschreckender Jungs, die alle gleich dämlich vor dem *Media Markt* herumgammelten und Leute anpöbelten. Lena duckte sich schnell hinter ihrer Mutter. Um nichts in der Welt wollte sie hier von Paul, dem armseligen Armleuchter, entdeckt werden. Sie musste ihn wegschreiben, am besten sofort. Sanft, aber bestimmt lenkte Lena ihre Mutter in großem Bogen um den Laden herum.

»Warte doch mal, wolltest du nicht noch nach ein paar CDs schauen? Da gibt es doch diese eine tolle Dingsda, ich glaube, die hat auch in einem Film mitgespielt, aber ich komme gerade nicht drauf. Den Titel kann ich mir nicht merken, aber im Radio meinten sie, das sei eben angesagt. Im Fitnessstudio läuft es auch schon.«

Ja, ihre Wunschliste. Lena wusste genau, welchen Hit ihre Mutter meinte. Doch das musste warten. »Och, lass mal Mama, wir haben ja schon so viel Geld ausgegeben. Ich lad es mir vielleicht online herunter – mit dir zusammen«, ergänzte sie schnell, denn »Sachen aus dem Internet herunterladen« war zu Hause streng verboten. Mama vermutete hinter jedem Internetanbieter einen Kinderschänder oder Datenräuber, ganz zu schweigen von unlauteren Angeboten und überteuerten Versandkosten. Lena dachte nur ungern an den Kampf, den Papa für sie ausgetragen hatte, als es um ein eigenes Notebook oder den Schüler-VZ-Zugang gegangen war.

»Guck mal, hier sieht's nett aus.« Ein Eiscafé. Weit genug von der Jungstruppe entfernt, um nicht entdeckt zu werden, nahe genug, um sie zum Teufel zu schicken. Lena kramte schnell ihr Buch hervor, und während Mama die Karte studierte und bestellte, schrieb sie: »Paul-Adrian und seine Jungs verziehen sich jetzt sofort in die nächste Disco.« Na ja, es war vielleicht noch ein bisschen früh für Disco, aber abhängen konnten sie genauso gut dort wie hier. Neugierig beobachtete sie, wie sich die Kerle zusammenrotteten und davonschlenderten. Leider in ihre Richtung. So etwas Blödes aber auch. Noch bevor sie wieder zu ihrem Buch greifen konnte, hatte Paul, der Affengrützige, sie erspäht. Er zeigte mit seinem Finger auf sie und schmiss eine Bemerkung in die Runde. Daraufhin fegte ein Typ, den Lena noch nie gesehen hatte, mit seinem Skateboard knapp vor Lenas Füßen vorbei, kehrte um und sauste hinter ihrem Stuhl zurück, sodass sogar ihre Mutter es bemerkte. Wie zufällig rückte sie bei seinem nächsten gewagten Manöver mit dem Stuhl zur Seite und brachte damit den Möchtegern-Chris-Cole unfein ins Schlingern. Nur ein zappeliger Absprung rettete ihn vor dem totalen Crash mit einem Werbeständer. Mama betrachtete ihn zufrieden. Sie war ganz gewiss nicht die Frau, die sich von ungehobelten Kerlen den schönen Abend verderben ließ.

»Kennst du den Lümmel?«, fragte sie.

»Nee, nie gesehen«, antwortete Lena wahrheitsgemäß und fügte schnell hinzu: »Aber den, der hat sie echt nicht alle. Ist bei uns in der Zehnten.« Hinter Mamas Stuhl war Paul-Adrian aufgetaucht. Mit Zigarette im Mundwinkel und überlegenem Ausdruck im Gesicht.

»Hallo, Petze.« Er grinste herausfordernd und Lena schaute schnell weg. Mama grinste auch. Sie hatte zwei finster blickende Security-Männer bemerkt, die sie jetzt energisch herbeiwinkte. Ehe Lena zweimal blinzeln konnte, war die ganze Bande verschwunden. Schon Pauls Zigarette hätte für einen Rausschmiss gereicht, aber dann noch Skateboard fahren – das war hier genauso verboten wie Hunde ohne Leine oder Kinder ohne Aufsicht.

»Was meinte der mit ›Petze‹?«, erkundigte sich ihre Mutter.

»Och«, seufzte Lena gequält, »seine Schwester und ich haben ihn beobachtet, wie er sich über einen Zigarettenautomaten hergemacht hat. Jetzt glaubt er ständig, dass ich ihn irgendwo verpfeife. Und seitdem hat er mich auf dem Kieker.«

»Du gibst Bescheid, wenn du Hilfe brauchst, ja? Wir lassen uns von so einem Milchbubi nicht ärgern, klar?«

»Klar, Mom.«

»Und jetzt lass uns mal schnell austrinken. Irgendwie bin ich völlig fertig nach dieser Schinderei. Ich habe das Gefühl, viel mehr gekauft zu haben, als ich eigentlich vorhatte. Was denkst du?«

»Hmpf«, machte Lena nur, konnte ein zufriedenes Grinsen aber nicht ganz unterdrücken.

Später, als ihr schon lange nicht mehr nach einem Mitternachtsimbiss, sondern eher nach einem Mitternachtsschläfchen zumute war, musste sie doch noch die Sache mit Paul, dem Allround-Depp, klären. Sonst würde sie nie einschlafen können, ganz sicher. Zwei Gedanken flitzten in ihrem Kopf herum wie junge Hunde, die miteinander spielten, aber niemals Ruhe geben würden: Ihr Ärger und ihre Scham über Pauls komplett irres Interesse an ihr und Unsicherheit und Furcht vor nächster Woche, wenn sie ihm wieder in der Schule begegnen würde. Das Schlimmste war, dass es ihre eigene Schuld war. Hätte sie sich doch nur nie um Eva-Maria und Anna-Sophia gekümmert. Dann hätte sie ihn nicht beim Klauen beobachtet, hätte Eva-Maria nie in ihrem Haus besucht und er würde bis heute vielleicht gar nicht wissen, dass es sie gab. Schon halb im Schlaf notierte sie schnell in ihr Notizbuch: »Paul-Adrian lässt mich ab sofort in Ruhe.«

Dass die Formulierung nicht korrekt war, merkte sie schon am nächsten Tag. Nichts funktionierte bei ihrem Wunderbuch, wenn es sie selbst betraf, das hatte sie doch eigentlich inzwischen begriffen. Und dabei war Wochenende und deshalb schul- und damit auch Paul-Adrian-freie Zeit. Sie liebte es, frühmorgens mit Goethe in den Park zu gehen, wenn nur Jogger und andere Hundeleute unterwegs waren. Den ersten traf sie gleich im Hausflur. Der Banker schloss gerade seine Wohnungstür ab, als sie die Treppe herunterkam, und sie schaffte es in letzter Sekunde, Goethe am Halsband festzuhalten, bevor ein dicker Begrüßungsschlabber seine schwarz glänzende Laufgarnitur versaute. Sie sah den Typen momentan derart häufig, dass es schon verdammt auffällig war. Hatte ihn seine Freundin verlassen? Oder war er gekündigt worden?

»Morgen«, murmelte sie und wollte sich vorbeischieben.

»Guten Morgen. Du kennst dich doch aus im Park, oder? Hast du einen Tipp für eine gute Laufstrecke? Eigentlich fahre ich immer raus aus der Stadt, aber warum in die Ferne schweifen, nicht wahr?« Ob ihn die Sonne so zum Reden brachte?

»Nee, sorry, wir gehen immer zur Hundewiese, aber wenn Sie dem Pulk hinterherlaufen, dann haben Sie automatisch die beste Strecke.«

»Ja, man ist nicht allein auf der Welt«, grinste er fröhlich. »Dann mal viel Spaß, ihr zwei.«

Er joggte bereits die Stufen hinunter, rief noch irgendwem ein frisches »Guten Morgen« zu und schon hörte man die Tür knallen. Der »Gute Morgen« war wohl für Hannah bestimmt gewesen. Die schlich durch den Flur, mit gesenktem Kopf, einer pink gestreiften Häkelmütze auf dem Kopf und einer Brötchentüte in der Hand und ganz ohne freundliches Begrüßungslächeln auf den Lippen. Dafür verkündete ihr T-Shirt: »Believe it – or not«. Heute scheint ja das ganze Haus auf den Beinen zu sein, dachte Lena. Ben hörte man auch schon. Ziemlich laut und ziemlich wütend für eine so frühe Tageszeit. »Hallo auch«, bemerkte Lena, als sich Hannah vorbeidrücken wollte. Sie gab ein summendes Knurren von sich, das alles bedeuten konnte, und verschwand hinter ihrer Wohnungstür. Dann eben nicht. Sie würde sich den schönen Morgen nicht von einer miesepetrigen Hannah verderben lassen.

Den Lärm auf der Hundewiese konnte sie schon von Weitem hören. Raufereien waren nichts Ungewöhnliches, aber das hier hörte sich an, als hätten die vereinten Hundenationen zum Kampf gegen Unterdrückung und Misshandlung aufgerufen. Ohrenbetäubendes Bellen und Jaulen, schrille Schreie panischer Frauchen, donnernde Befehle zorniger Herrchen, Hundepfeifen, Hundetrompeten, das komplette Programm. Eigentlich musste man als verantwortungsbewusster Hundebesitzer das Weite suchen, wenn man so etwas hörte. Goethe zog bereits knurrend mit aufgestelltem Fell an der Leine und wollte mitmischen. Aber Lena berührte ihr Notizbuch in ihrer Tasche. Vielleicht konnte sie ja helfen? Sonst hätte der Tierarztnotdienst in der näheren Umgebung gleich viel zu tun.

Im Grunde genommen gab es für all den Lärm dann recht wenig zu sehen: Zwei Hunde hatten sich am hinteren Ende der Wiese ineinander verbissen und ein verzweifelter Besitzer versuchte, die Streithähne zu trennen und seinen Schäferhund an die Leine zu bekommen. Der andere Hund, ein schlanker brauner Kerl, der Lena irgendwie bekannt vorkam, schien alleine zu sein. Alle übrigen Hunde wurden von ihren Besitzern schnell weitergezogen, feuerten die Streithähne aber mit heftigem Gebell an. Schnell knotete Lena Goethes Leine an eine Parkbank, kniete sich nieder und schrieb in ihr Notizbuch: »Die Hunde hören sofort auf zu kämpfen, keiner ist ernsthaft verletzt. Alle anderen beruhigen sich.« Als hätte ein mächtiger Magier einen Friedenszauber über die Wiese gesprochen, kehrte plötzlich Ruhe ein. Unvermittelt ließen die zwei Kämpfer voneinander ab. Der Schäferhund kehrte zu seinem erleichterten Herrchen zurück und ließ sich hechelnd in demütiger Haltung untersuchen. Der braune

Kämpfer zögerte kurz, bevor er auf einen Busch zurannte und sich dahinter zu schaffen machte.

»Aus, Theo, aus, geh Platz, du feige Töle«, schrie eine Stimme, die Lena ebenfalls bekannt vorkam. Sofort wusste sie, wer für das Theater verantwortlich war: Paul, das allergrößte Aas, mit seinem Monsterhund Theo. Ausgerechnet. Aber noch war Zeit, sich aus dem Staub zu machen. Paul und Theo hatte sich schon der Schäferhundbesitzer vorgeknöpft, ein beeindruckender Herr, zwei Kopf größer als Paul und ganz im Country-Stil gekleidet. Der Schäferhund machte brav Platz, während Paul alle Mühe hatte, seinen geifernden Theo zu bändigen. Worte wie »gemeingefährlich«, »Maulkorb«, »Leinenzwang« und »Versicherung« waberten zu ihr herüber und gerade, als Lena sich unbemerkt davonmachen wollte, wurde sie von Paul, dem A., entdeckt. Er ließ den schimpfenden Country Man einfach stehen, der erbost hinter ihm herbrüllte. »Ich krieg Sie schon noch, Sie Flegel«, schnappte seinen Theo, der ein wenig hinkte, und folgte ihr, was nun das Allerletzte war, was sie sich wünschte. Flucht zwecklos, Knurren auch, wie Goethe feststellen musste, denn Paul, der Abartige, steuerte direkt mit finsterer Miene auf sie zu. War diese Verfolgung etwa das, was sich der kleine Notizbuchschelm unter »in Ruhe lassen« vorstellte? Sie dachte dabei eher an etwas in Richtung »völlig aus dem Leben verschwinden«.

»Du schon wieder. Was schleichst du immer hinter

mir her, he? Willst du was von mir oder wie?« Paul blähte sich vor ihr auf, als wäre er ein Frosch mit Ballonkrankheit. Wahrscheinlich stand er noch unter einer Extraportion Adrenalin nach dem Hundekampf. Sie giftete ihn mit einem feindseligen Blick an, der an ihm abtropfte wie der Sabber vom Maul seines Köters. Plötzlich war sie so sauer, dass ihr der Kragen platzte: »Wie kannst du so ein Vieh nur von der Leine lassen!«, schrie ihn Lena empört an. »Der ist ja ein Fleischwolf!«

»Jau, eine echte Kampfmaschine!« Stolz fixierte Paul seinen hechelnden Köter, der mit gestelltem Kamm und gebleckten Zähnen wütend in Richtung Goethe zerrte.

»Solche Monster halten sich doch nur Zuhälter und Schrottplatzbesitzer. Sieh ihn dir mal an, der ist ja völlig verkorkst!« Lena konnte fast so gut knurren wie Goethe, immerhin wollten sie beide das Gleiche sagen, nämlich: »Macht euch vom Acker, ihr widerlichen Ratten.«

»So spricht eine Tussi nicht mit mir, ja? Dir zeig ich noch, wo dein Platz ist. Und jetzt schieb ab.« Auch Paul konnte knurren. Und zwar so fies, dass Lena ihre Erwiderung im Hals stecken blieb, weil sich da ein großer Kloß gebildet hatte. Obwohl sie ihm gerne noch eine gepfefferte Bemerkung entgegengeschleudert hätte, nahm sie Goethe an die kurze Leine und ging. Himmel, war das frustrierend! Sie ärgerte sich schrecklich, dass sie klein beigegeben hatte. Goethe guckte so traurig, wie nur ein Hund gucken konnte, der mal wieder um einen ausgiebigen Spaziergang betrogen worden war. Jetzt ging sie auch noch zur oberlangweiligen Kirche. Angeleint im Vorgarten dümpeln statt stundenlang herumfetzen stand auf dem Programm. Gähn! »Ist halt so, Goethilein«, tröstete Lena ihren frustrierten Hund. »Am Wochenende ist hier einfach die Hölle los. Und nach der Sache mit dem Depp mit Hund muss ich mich erst mal wieder beruhigen. Vielleicht können wir Mama überreden, nachher mit uns raus in den Wald zu fahren, hm?«

Kapitel 7

*D*ie Arbeit bringt mich noch um«, stöhnte Lenas Mama wie jeden Morgen. Sie war keine Frühaufsteherin und montags war es besonders schlimm. Trotzdem hatte ihre Mutter nur gelacht, als Lena sie am Wochenende darauf angesprochen hatte, wie schön es doch wäre, im Lotto zu gewinnen. »Aber Schätzchen«, hatte sie gesagt, »was würde ich denn machen, wenn ich nicht mehr arbeiten müsste? Ich würde eingehen wie eine Primel ohne Wasser. Diese Arbeit, das bin ich, das ist mein Leben – neben dir natürlich.«

Nur merkte man davon heute Morgen eben noch nicht viel. Lenas Mutter schien von ihrer Arbeit so begeistert zu sein wie von der Aussicht, zwei Wochen Bügelwäsche nachzuholen. Im Moment mühte sie sich in der Küche fluchend mit der Kaffeemaschine ab. »Oh verflixt, also wirklich. Wer hat denn ... so was Blödes«, hörte Lena sie schimpfen.

»Was denn, Mami?«, rief sie vom Bad hinüber.

»Habe statt Kaffeebohnen Goethes Trockenfutter in die Maschine gefüllt. Wer hat denn die Dosen nebeneinandergestellt, so eine Schlamperei.«

Lena grinste. Typisch Mama. Sie war morgens blind wie ein Maulwurf und – na ja, Lena hatte gestern wirklich das Trockenfutter einfach auf der Arbeitsplatte stehen lassen. Aber Goethes Dose war als einzige in der gesamten Küche knallgrün und man konnte es wirklich nicht als Kaffeeduft bezeichnen, was daraus entströmte. Sie lauschte den ärgerlichen Kommentaren ihrer Mutter. Es hörte sich an, als würde sie die komplette Maschine zerlegen, reinigen und wieder zusammenbauen. Na, so eklig war Goethes Futter auch wieder nicht. Verflixt. Langsam begann sich Lena zu fragen, was sie mit ihrem Notizbuch überhaupt anfangen konnte, wenn einfach nirgendwo die Möglichkeit bestand einzugreifen. Entweder klappte es nicht, so wie bei ihr, oder es wurde nicht gewünscht, so wie bei Mama, oder es war zu gefährlich, so wie bei Goethe. Seufzend notierte sie: »Ab morgen macht es Mama nichts mehr aus, früh aufzustehen, und sie ist jeden Morgen gut gelaunt und topfit.« Wenigstens Kleinigkeiten konnte sie bewirken, oder?

Nachmittags, gerade als Lena mit Goethe losziehen wollte, pflückte sie die wunderliche Hannah auf. Die saß mal wieder auf der Treppe, mit hängendem Kopf, verheulten Wangen, unglücklich wie eine vergessene Topfpflanze. »Know your rights« verkündete ihr T-Shirt angriffslustig, dabei hätte »Shit happens« oder »Heute ist nicht mein Tag« besser gepasst.

»Kommst du mit? Eine Runde durch den Park und dann in die Kirche?«, fragte Lena. Schließlich konnte man auch ohne Notizbuch Wunder bewirken, und

Hannah hier so sitzen lassen, das ging gar nicht. Die Antwort bestand aus einem tiefen trostlosen Schniefen. Vielleicht gab Goethes ungestümer Nasenstups, der sie fast die Treppe hinuntergestoßen hätte, den Ausschlag, jedenfalls erhob sich Hannah dann doch und schlurfte zur Haustür.

»Vielleicht solltest du dir mal einen Schlüssel zulegen«, riet ihr Lena. »Ich meine, du kannst ja nicht dein halbes Leben auf der Treppe verbringen, oder?« Sie überlegte weiter. »Wenn das mit deiner Mutter irgendwie schwierig ist, dann könntest du natürlich auch bei uns oder Oma Leineweber unterkriechen. Oder Teschkes, die sind ja fast immer da.« Hannahs entsetztes Kopfschütteln sprach Bände. »Na gut, dann eben doch ein Schlüssel«, lenkte Lena ein.

Bis zum Park trabte Hannah immer einige Schritte hinter ihr her, weil Goethe es so eilig hatte und schrecklich unerzogen an der Leine zerrte. Wollte sie ein Wort mit ihr wechseln, musste sie den Kopf schräg nach hinten drehen, um Hannah überhaupt anschauen zu können. »Da«, Lena zeigte auf Eva-Marias Villa, »da wohnen die bescheuertsten Leute überhaupt. Die Brechsteins. Von Eva-Maria habe ich dir erzählt, das war die mit den Haaren. Hörst du das Bellen? Das ist ein Monster, dagegen ist Freddy Krueger einem Bilderbuch entsprungen. Gibt es nicht diese Sache mit Hundeführerschein und Wesenszeugnis? Irgendwie haben sie vergessen, Theo mit auf die Liste zu nehmen. Der ist der totale Kampfhund. Eigentlich müsste die ganze Familie mal einen Wesenstest machen, ehrlich!« Hilfe, was plapperte sie da eigentlich? Doch Hannahs Schweigen bewirkte bei ihr einen ununterbrochenen Redestrom, was die wenig beeindruckte. Überhaupt schien sie sich nicht sonderlich für andere Leute zu interessieren. Oder war sie einfach so tief in Gedanken, dass sie Lenas Geschwätz gar nicht mitbekam? Schließlich ging ein Ruck durch Hannah. »Das mit meiner Mutter, sie ist nicht immer so, weißt du?«, flüsterte sie. Lena hatte sie nur gehört, weil Goethe eine Schnüffelpause einlegte und Hannah ein paar Schritte aufgeholt hatte.

»Was macht sie eigentlich? Ich sehe sie nie rausgehen«, wollte Lena wissen. Sie spürte, dass es hier ein Geheimnis gab, und prompt plagte sie die schrecklichste Neugier.

»Nichts. Also, natürlich nicht nichts, sie ist krank, weißt du.«

»Weiß schon, krank also«, murmelte Lena. Zu verraten, dass sie mit Oma Leineweber im Treppenhaus über Hannahs Mutter getratscht hatte, schien ihr jetzt nicht angebracht.

»Sie kann nicht mehr arbeiten. Sie ist . . .«, Hannah holte tief Luft, ihr Blick folgte einer Taube, deren Flügelschlag Quietschgeräusche wie ein ungeölter Kinderwagen machte. »Also, sie ist depressiv.«

Lena nickte. Irgendwie doch nichts besonderes, oder? Von Depressionen hörte man allerorten. Hatte nicht neulich sogar Eva-Maria erzählt, dass sie eine Depression bekommen hatte, nachdem irgendein Ignorant ihre Escada-Handtasche zerkratzt hatte? Und litten nicht auch Stars wie Angelina Jolie und Robbie Williams unter Depressionen? Also, dann konnte man sicher etwas dagegen tun.

»Nimmt sie denn Medikamente?«, fragte Lena.

»Klar, aber das ändert ja nichts. Depressiv ist sie trotzdem. Das wärst du auch, an ihrer Stelle.«

Das fand Lena nun doch etwas vermessen. »Also wirklich, ich glaube nicht, dass ich der Typ dafür bin. Hab ja auch keine Essstörung oder so.«

»Hast ja auch nicht Mann und Sohn bei einem Verkehrsunfall verloren oder so«, äffte Hannah sie nach.

Ups, das war schlimm. Das war wirklich schrecklich. Und wie schrecklich erst für Hannah, die nicht nur mit ihrer eigenen Trauer fertig werden musste, sondern auch noch unter der Trauer ihrer Mutter litt.

»Oh Hannah, das tut mir leid, das ist ja furchtbar. Wie lange ist das her?«

»Schon ein paar Jahre.« Hannah zuckte mit den Schultern. »Irgendwie kommt sie nicht darüber hinweg.«

»Wie alt, ich meine . . . war es dein älterer Bruder?«

»Nein, er war fast noch ein Baby. So wie Ben. Mama erträgt es nicht mehr, kleine Kinder zu sehen. Wir wussten nicht, dass Ben hier wohnt, sonst wären wir nie eingezogen. Aber ich will bleiben. Wir sind schon mindestens zehnmal umgezogen, seit . . . Manchmal glaube ich, sie erträgt überhaupt keine anderen Menschen.« Ihr ungewöhnlicher Redeschwall stoppte und sie ließ offen, ob sie auch zu diesen anderen unerträglichen Menschen gehörte.

Um überhaupt etwas tun zu können, ließ Lena Goethe von der Leine. Hannah sprach weiter. Es war der berühmte Dammbruch, ein Wort ergab das andere, aus dem Tröpfchen wurde ein Rinnsal, dann ein Bach, dann der Bruch. Doch Lena fühlte sich schrecklich hilflos. Sie wusste nicht, wie sie Hannah trösten konnte. »Sie hat ungefähr tausend Therapien gemacht. Mir zuliebe. Deshalb ist es auch nie etwas geworden. Wenn es ganz schlimm ist, dann trinkt sie. Ich will sie dann gar nicht sehen, aber was soll ich tun? Es muss sich doch jemand um sie kümmern, oder?« Das fand Lena auch, aber musste es die eigene minderjährige Tochter sein, die wohl selbst Hilfe brauchte? Wenn sie sich vorstellte, sie müsste sich um ihre Mutter kümmern, herrje, welch Katastrophe! Also schwieg sie. Alles, was sie hätte sagen können, kam ihr flach und nichtssagend vor.

»Wenn sie wenigstens mal etwas tun würde. Irgendetwas. Manchmal schafft sie es und zieht sich morgens mit mir an, dann denke ich, endlich wird alles wieder gut. Und dann, dann kommt sie tagelang nicht mehr aus ihrem Zimmer. Weißt du, natürlich hat sie ein schlechtes Gewissen wegen mir, aber vor allem hat sie ein schlechtes Gewissen, Freude am Leben zu haben. Sie empfindet es als Strafe, dass Danni nicht mehr da ist, aber sie lebt. Und Papa? Ich glaube, sie hat ihm nie verziehen, obwohl ich bis heute nicht weiß, was genau eigentlich geschehen ist.«

»Aber sie hat doch dich!«

Hannah sah sie unter ihren Wimpern hervor an. »Ja, das hat sie.«

Es wäre so einfach gewesen zu schreiben: »Hannahs Mutter überwindet ihre Trauer und findet wieder Freude am Leben.« Ging das? Durfte sie das? Irgendwie musste sie Hannah helfen, und wenn sie Hannah helfen wollte, dann musste sie ihrer Mutter helfen. Aber im Kleinen natürlich. Sie konnte ja nicht einfach die Toten wieder lebendig schreiben. Ihr fiel ein Gruselfilm ein, in dem Tote lebendig gemacht worden waren – nur leider hatten sie genauso ausgesehen wie im Moment ihres Todes und es war wirklich sehr gruselig gewesen, all die verletzten und allmählich schon verwesenden Körper herumlaufen zu sehen.

Lena schüttelte den Gedanken schnell wieder ab. Goethe half ihr dabei, schüttelte sich ebenfalls und duschte sie mit einer ordentlichen Portion algig-schleimigen Seewassers.»Iiih, wie widerlich ist das denn. Ich hab nicht aufgepasst und du warst baden, du Schlingel! Du weißt doch, dass du nicht in den See darfst!«, schimpfte sie, froh über die gelungene Ablenkung. Denn auch Hannah war gesprenkelt von oben bis unten und wischte sich mit vor Abscheu nach unten gezogenen Mundwinkeln dunkle Tropfen von den Armen.

Lena betrachtete Hannah. Trotz der schrecklichen Geschichte musste sie jetzt lachen. »Du hast da . . .«, sie zeigte auf Hannahs rechte Wange, wo ein dicker Schmutzbatzen klebte, »und da und . . .« Ihr Finger tippte auf Hannahs Stirn, die grüner Schleim zierte.

»Ich geh duschen.« Ohne auch nur das kleinste Grinsen drehte sich Hannah um.

»Nun komm, wir schauen noch kurz bei der Kirche vorbei. Musst du nicht noch etwas putzen oder so? Da kann man sich auch die Hände waschen«, versuchte Lena, sie zu überreden, doch Hannah strafte sie mit einem abfälligen Blick. Wortlos. Es war wieder wie vorher: Hannah sagte so gut wie nichts. Der vertrauliche Moment war vorbei.

»Na dann«, rief Lena noch, doch Hannah war schon mindestens zehn Schritte entfernt, »dann geh ich eben alleine!«

Es war kaum zu fassen, doch Goethes gesträubte Nackenhaare bestätigten, was sie dort aus der Ferne sah: Paul, das A., streunerte mit seiner verkommenen Töle vor der Kirche herum – und schnippte eben seine halb gerauchte Kippe in den Vorgarten. Lena grollte. Drecksack. Der schöne Vorgarten, der arme Goethe, der arme Pfarrer Hering – und auch die arme Lena. Wurde ihr geheimer Zufluchtsort jetzt Opfer einer Massenheimsuchung? Was sollte das? Lauerte er ihr etwa auf oder suchte er nur neue Gassi-Geh-Wege für sein Monster? Aber da hatte Theo schon Witterung aufgenommen. Ihre und Goethes Witterung nämlich. Sein schlanker Kopf fuhr herum, sein Knurren war bis zu ihr zu hören und Lena zog Goethe blitzschnell in die nächste Seitenstraße. Der kapierte mal wieder gar nichts und zog und zerrte an seinem Halsband, als wollte sie ihn direkt zum nächsten Tierarzt schleppen. Mist, wieso ließ sie sich eigentlich einfach so von ihrem Lieblingsplatz vertreiben. Hinter einen Telefonverteilerkasten geduckt beobachtete sie, wie sich Paul, der Aalglatte, eine neue Zigarette anzündete. Auch noch Kettenraucher! Sie ärgerte sich so sehr über die Schändung ihres Platzes, dass sie in ihr Buch schrieb: »Ab sofort schmecken Paul-Adrian Zigaretten wie Hundekacke.«

Neugierig linste sie über den grauen Kasten. Der verwirrte Theo zog und zerrte noch immer an seiner Leine in ihre Richtung, hatte aber ihren Geruch verloren. Er röchelte und jaulte, weil sich das Stachelhalsband tief in seinen Hals grub. Und Paul, der Allerletzte unter den Menschen, zog auch. An seiner frischen Zigarette. Den Kopf leicht nach oben gebogen, wollte er eben eine gigantische Stinkerwolke loslassen, als er sich an den Hals griff. Ha, der Zauber wirkte. Selbst auf die große Entfernung konnte Lena erkennen, dass er blass geworden war. Keuchend und mit angewidertem Gesichtsausdruck warf er die Zigarette von sich. Er schüttelte ungläubig den Kopf. Klar, da musste eine schlechte Zigarette im Päckchen gewesen sein. Unsicher zog er eine neue hervor und schnupperte ausgiebig daran. Aha, die war wohl in Ordnung. Hämisch grinsend beobachtete Lena, wie er erneut sein Feuerzeug zückte und sie anzündete. Wieder ein tiefer Zug, dann grausiges Würgen und Japsen. So groß war sein Ekel, dass er sich gegen den Zaun lehnte und sich mit fürchterlichem Röcheln übergab. Mitten hinein in den schönen Kirchgarten. Lena stieß einen erstickten Entsetzenslaut aus. Also, das hatte sie nun auch nicht gewollt! Der arme Pfarrer Hering! Jetzt hatte er nicht nur Kippen im Vorgarten, sondern auch noch Erbrochenes! Meine Güte, dachte Lena, das war ja scheußlich. Aber noch viel schrecklicher war, dass Paul, der blöde Armleuchter, in seinem miserablen Zustand auf die Knie gesunken war und nicht auf seinen Köter aufpasste, der die Gunst des Augenblicks sofort nutzte und sich losriss. Mit triumphierendem Geheul startete er einen sensationellen Sprint in Lenas und Goethes Richtung. Lena zerrte ihren rauflustigen Goethe hinter sich her, der das Kriegsbeil freudig angenommen hatte und keinerlei Lust verspürte, vor seinem Gegner zu fliehen.

Gut, dass es hier noch viele der alten Villen gab, die so schön stabile und hohe Metallzäune um ihre Gärten hatten. Gut, dass eines der Gartentore offen stand und Lena im letzten Augenblick, gerade als Theo um die Ecke beim Verteilerkasten schoss und sie sein gieriges

Sabbern schon im Ohr hatte, Goethe in den Garten schob, sich hinterher und mit einem lauten Knall das Tor direkt vor Theos Nase zuschlug. Himmel, konnte das Vieh hoch springen. Bei jedem wütenden Sprung befürchtete Lena, dass er es genau jetzt schaffen würde. Nein, jetzt. Jetzt, aber ganz sicher. Puh, noch einmal Glück gehabt. Aber Goethe war nicht minder sauer und Lena hätte nicht wetten wollen, wer von beiden als Sieger vom Feld gegangen wäre. Sie beobachtete Theos schlanke, geifernde Schnauze, die durch die Gitterstäbe zu ihnen in den Garten ragte und wie eine wütende Schlange nach allen Seiten schnappte. Schnell zerrte sie ihr Notizbuch aus der Tasche, bevor sich die Bewohner des Hauses über die Eindringlinge beschweren konnten, und schrieb Theo weit weg. Das klappte zum Glück problemlos und sie und Goethe konnten sich gemütlich auf den Heimweg machen, wo schon die nächste Überraschung auf sie wartete.

Kaum dass sie den Hausschlüssel abgezogen hatte, drückte sich Goethe an ihr vorbei und stürmte ins Haus. Ein Quieken, fünfmaliges Bellen und Lena kam gerade noch rechtzeitig, um Hannah aus seiner Umarmung zu retten. Er hatte wohl gemeint, es wäre ein Versteckspiel gewesen, dass Hannah verschwunden und nun wiedergefunden worden war. Seine Freude war grenzenlos – laut und feucht.

»Sie lässt mich immer noch nicht rein«, stellte Hannah mit einem Wink zu ihrer Wohnungstür fest. Die

Flecken in ihrem Gesicht hatte sie zwar grob weggewischt, aber mit dem Duschen war es noch nichts geworden.

»Komm doch einfach mit hoch, ja? Dich waschen und warten kannst du auch bei uns. Mal ehrlich, das kann sie dir doch nicht zumuten, also, ich an deiner Stelle . . .«

»Du verstehst das nicht«, unterbrach sie Hannah. Stimmt, dachte Lena, aber tief in ihr regte sich wieder ein fitzelkleines bisschen Ärger über diese Mutter, die über ihre Trauer die lebende Tochter vergaß und ihr dann noch nicht mal einen Schlüssel geben konnte. Entschlossen nahm sie Hannahs Hand und zerrte sie mit sich nach oben.

»Sei froh, dass du heimgegangen bist«, meinte Lena, während sie ihre Wohnungstür aufschloss, und gab einen dramatischen Bericht der letzten halben Stunde ab. Ein bisschen sehr dramatisch vielleicht, aber Hannah sollte ja auch noch was davon haben. Und ein bisschen musste sie schwindeln, da sie Hannah nicht den wahren Grund für Pauls Übelkeit erzählen konnte. Aber eigentlich interessierte die sich sowieso nicht für Lenas Bericht. Sie besah sich lieber staunend die große Dachwohnung. Kein Wunder, wenn man bedachte, in welcher Höhle Hannah zu Hause war.

»Irgendwelche Wünsche?«, fragte Lena.

»Nein, ich warte nur ein wenig.« Hannah klemmte sich auf die Sofakante und schaute sich weiterhin schweigend um. Ziemlich einseitige Sache bis jetzt.

»Kannst es dir ruhig gemütlich machen.«

»Hundehaare«, flüsterte Hannah nur und tatsächlich, der Großteil des Sofas war bedeckt von Goethes grauweißen Haaren. Obwohl strenges Sofaverbot herrschte, tröstete sich Goethe an den langen Vormittagen wahlweise auf dem Sofa oder in Lenas Bett über seine Einsamkeit hinweg und hinterließ dabei deutliche Spuren.

»Also, hm, hier sind massenhaft Zeitschriften. Bekommt Mama immer umsonst ins Büro geschickt. Belegexemplare für Werbung und so. Kannst dir ja mal anschauen. Ich muss noch ein bisschen Vokabeln lernen.«

»Ich könnte ja wieder helfen«, bot Hannah an, doch Lena schüttelte den Kopf. »Englisch dieses Mal. Wir haben morgen ein Diktat, das kann ich ganz gut alleine üben. Hast du nie irgendwas auf?«

»Schon alles erledigt. Schaffe ich meist in der Schule.«

»Echt? Warum gehst du eigentlich nicht auf meine Schule, ist doch die nächste hier, oder?«

»Zu oft umgezogen. Man meinte, die Realschule sei für mich geeigneter«, meinte Hannah gedehnt, ließ aber offen, wer »man« war. Lena erlaubte sich den Schluss, dass es in Hannahs Leben noch Kräfte gab, die über ihrer Mutter standen, da die sich ja offensichtlich nicht immer ausreichend um ihre Tochter kümmerte. Was sollte sie darauf schon erwidern?

Zum Glück hatte Goethe die Rolle des Gastgebers übernommen und sich halb über Hannahs Füße ausgebreitet, die jetzt sichtlich angestrengt und sehr steif auf ihrer Sofakante hockte. Erleichtert verdrückte sich Lena in ihr Zimmer. Schon irgendwie witzig, dass sie Hannah, eine mögliche Freundin, im Wohnzimmer hatte, aber trotzdem das dringende Bedürfnis verspürte, mit Lilli zu quatschen. Oder war das normal? Sie warf also vor dem Englischtrainer doch lieber das Internet an und suchte nach Lilli. Keiner da, Mist. Na, dann eben erst Englisch, dann nach Hannah schauen und heute Abend irgendwann Lilli.

Kapitel 8

Oh, diese verfluchte Hannah, dachte Lena genervt. Seit zehn Minuten versuchte sie, sich auf ihre Vokabeln zu konzentrieren. Selbst das Lernprogramm am Notebook konnte sie nicht fesseln, immer wieder schweiften ihre Gedanken ab. Was Hannah jetzt wohl machte, da draußen im Wohnzimmer? Mamas Bücherregale durchstöbern? In Zeitschriften blättern? Sie hielt es nicht mehr aus, sie musste nachsehen und schlich sich auf Zehenspitzen aus ihrem Zimmer über den Flur zum Wohnzimmer.

Hannah schlief! Seelenruhig, mit einer *Gala* auf den Knien, den Kopf zur Seite weggesackt, saß sie inmitten von Goethes Hundehaaren, ihn selbst immer noch auf ihren Füßen liegend, und ratzte selig. Leise, ganz leise, um die beiden Schlafmützen nicht zu stören, huschte Lena zurück in ihr Zimmer und konnte endlich lernen. Na also. Als Hannah eine halbe Stunde später noch immer bewegungslos und komagleich auf dem Sofa lag, beschloss Lena, dass eine kleine weitere gute Tat unbedingt angebracht war. Hannah schien fix und fertig zu sein und das war kein guter Zustand für ein Mädel wie sie. Wenn heftiger Sport, zu viele Partys oder durchlesene Nächte der Grund für ihre Erschöpfung gewesen wären, gut, aber Lena hatte als Ursache Mama Zickerts Depressionen in Verdacht. Mit einem knackigen Satz in ihr Büchlein befreite sie Hannahs Mutter von ihrer Alkoholsucht. Schritt eins, wie sie das nannte. Dann würde sie mal sehen. Schritt zwei könnte vielleicht eine positivere Lebenseinstellung für Hannahs Mama sein, aber möglicherweise würde die dann komplett in die andere Richtung schwenken und Hannah aus reiner Vergnügungssucht vernachlässigen. Also Geduld.

Lena durchblätterte ihr Notizbuch und kaute auf dem Zauberstift herum. Nicht zu fest natürlich, damit das Wunderding keinen Schaden nahm. Hm, es waren noch so viele leere Seiten. Sie könnte die Welt verändern. Vielleicht einen rosaroten Himmel? Oder Bäume mit blauem Laub? Ob sie es mal probieren sollte? Hm, den Himmel lieber nicht, das würde vielleicht eine Aufregung geben, aber mit einem Zimmerpflänzchen könnte sie doch mal ... »Morgen früh hat mein Ficus Benjamini blaue Blätter«, schrieb sie und freute sich schon auf Mamas Augen, wenn sie zum ersten Mal die Pflanze sehen würde. Noch ein bisschen Blödsinn vielleicht? Sie hatte plötzlich schreckliche Lust darauf. Aber vielleicht war Lilli jetzt online!

Lena: Hey Lilli, schon zurück?

Lilli: Gerade angekommen, alles klar bei dir? Ich sag dir, Bosco ist der Hammer. Er lässt alle anderen wie Ponys aussehen. Wir werden die Pokale nur so abräumen!

Lena: Genial, gib ihm 'ne Rübe von mir, ja? Oder warte, ich schick ihm gleich eine direkt in die Box, weiß nur nicht, ob das geht, so auf die Entfernung . . . Kannst ihn ja morgen mal fragen.

Lilli: Witzig. Danke. Wie war eigentlich dein Shopping? Alles bekommen?

Lena: Si, absolut nach Plan. Nur der blöde Typ aus der Zehnten hat mir die Laune verdorben. Paul-Adrian. Volltrottel. Stell dir vor . . .

Lena schicke einen schnellen Bericht des Nachmittags zu Lilli, die sich vor Lachen bog. Schrieb sie zumindest, eine Webcam hatten sie noch nicht installiert, aber das wäre was, das musste sie gleich auf Mamas Wunschzettel schreiben.

Lilli: Geil! Mom quarzt doch immer noch wie ein Kohlereaktor, voll nervig, könntest du das mit den Zigaretten und der Hundekacke auch bei ihr . . .?

Lena: Das willst du nicht wirklich, oder?

Lilli: Nee, aber ein bisschen weniger rauchen wär schon klasse.

Lena: O. k., ab morgen, ja?

Lilli: Cool.

Lena und Lilli alberten noch ein wenig durch das Netz. Der blaue Benjamini inspirierte Lilli, ihre Mutter am nächsten Morgen mit azurblauen Tulpen im Vorgarten zu überraschen. Aber auch nach ihrem Chat kritzelte Lena munter weiter in ihr Notizbuch, in dem nun schon einiges vermerkt war. »Morgen stehen auf der Hundewiese im Park zehn neue Bäume«, notierte sie und freute sich schon auf Goethes Augen, wenn sie ihn von der Leine lassen würde. Und dann, weil sie gerade noch einmal an den armen Pfarrer Hering mit seinem versauten Vorgarten denken musste, schrieb sie: »Morgen bekommt Pfarrer Hering von einem Unbekannten drei Goldbarren als Spende auf den Altar gelegt.« Da würde der Pfarrer aber Augen machen! Und weil sie fand, dass das noch nicht ausreichend war, schrieb sie noch: »In dieser und der nächsten Woche gibt es hier in der Stadt keine Verkehrsunfälle.« Sie hätte ja auch schreiben können, dass es nie wieder Verkehrsunfälle gab, aber wer wusste schon, was das wieder für unvorstellbare Auswirkungen haben würde: eine Pleitewelle bei den Autowerkstätten, Personalkürzungen bei der Polizei, und wenn man genau hinsah, würden sicherlich auch die Versicherungen mit Entlassungen drohen. Nein, eine unfallfreie Woche ist genug, entschied sie.

Lautes Rumoren aus dem Wohnzimmer brachte einige weitere soziale Einrichtungen um beträchtliche Geldspenden. Lena schaffte es gerade noch zu schreiben: »Mama spielt nächstes Wochenende Lotto und gewinnt 50.000 Euro«, nur so zum Ausprobieren, wie sie sich selbst versicherte. Sie war gespannt, wie Mama ihr Lottospiel erklären würde; Mama, die geschworen hatte, dass sie nie spielen würde, egal was passierte.

Aus dem Rumoren war ein Kichern und Quietschen geworden, und als Lena nachschaute, fand sie Goethe, der halb über Hannah auf dem Sofa lag und versuchte, ihr das Gesicht abzuschlecken. Immerhin hatte die inzwischen kapiert, dass Goethe unter solchen Attacken »spielen« verstand, und kreischend und zappelnd wehrte sie seine lange Zunge und seine kratzigen Pfoten ab. Aber wie wenig sie von Hunden verstand, zeigte sich, als sie zu einem Kissen griff und es ihm ins nasse Maul stopfte. »Da, nimm das, du Ungeheuer«, keuchte sie triumphierend und Lena rief gleichzeitig: »Nein, nicht das Kissen!«, aber da rüttelte und schüttelte Goethe schon begeistert seine Beute. Hannah sah ihren Fehler ein, packte zu, Goethe riss und zerrte voller Freude über das neue tolle Spiel und – das Kissen gab auf. Es platzte einfach. Gut, dass es nur mit Schaumstoff gefüllt war. Trotzdem, große Sauerei. Beide schauten so verblüfft und bestürzt, dass Lena einfach nicht schimpfen konnte, sondern schallend lachte. Sie zog Goethe kurzerhand zu Boden. »Platz, du ungezogener Hund.« Schimpfen war sowieso zwecklos, schließlich hatte er einfach nur mit Hannah gespielt, oder? Außerdem hatte er auch gar kein schlechtes Gewissen, sondern wedelte Lena schon wieder freudig an, um sie zum Mitspielen aufzufordern.

»Alles klar?«, fragte Lena. Hannah nickte verschämt und strich sich die Haare und das schreckliche T-Shirt glatt. »Das tut mir echt leid, ich konnte ja nicht wissen, dass er so . . . na ja, so kräftig ist.« Verlegen begann sie, die Kissenreste aufzusammeln.

»Lass nur, wir saugen am besten alles auf.«

Hannah tat ihr plötzlich leid. Hm, sie sah wirklich aus wie von einem großen Hund geliebt: feuchte Flecken auf der Jeans, Hundehaare überall und ziemlich zerknitterte Klamotten.

»Tja, äh, ich seh mal nach, wie es unten so steht«, meinte Hannah zögernd, nachdem das Wohnzimmer wieder einigermaßen hergestellt war.

»Klar, komm einfach wieder hoch, wenn was ist, ja?«, sagte Lena und begleitete sie kurz zur Tür, hinter der Hannah ziemlich eilig verschwand. Sicherheitshalber horchte Lena noch eine Weile, bis sie von unten Stimmen hörte, die bestätigten, dass Frau Zickert wieder ansprechbar war und ihrer Tochter Zugang zur Wohnung gewährte. Lena schüttelte den Kopf. Hannah war vermutlich das einzige Mädchen, das sie kannte, das keinen eigenen Schlüssel hatte. Sie würde mal mit ihrer Mutter sprechen, ob die nicht irgendetwas erreichen konnte. So von Mutter zu Mutter oder so. Aber ach Quatsch, Mutter, verwarf sie den Gedanken. Kurzerhand schrieb sie in ihr Tagebuch: »Frau Zickert gibt Hannah heute Abend einen Wohnungsschlüssel«, und schnell fügte sie noch hinzu, weil man ja immer alles ganz genau aufschreiben musste: »und einen Hausschlüssel«, und fertig war das Thema. Nie wieder eine heulende Hannah auf der Treppe und das mit der besoffenen Mutter hatte sich hoffentlich auch erledigt. Lena war zufrieden mit sich.

Kaum aus der Wohnungstür, stolperte sie am nächsten Morgen verblüfft über eine komplett bekleidete, ausgeschlafen aussehende Frau Zickert mit Müllbeutel in der Hand, die in ein angeregtes Gespräch mit dem Banker verwickelt war. Die beiden waren so von ihrer Unterhaltung gefesselt, dass sie kaum auf Lenas freundliches »Guten Morgen« reagierten. Die wich Oma Leineweber aus, die die Zeitung hereinholte, und hatte eigentlich schon genug von ihren Mitbewohnern, als ihr einfiel, dass sie ihr Notizbuch samt Stift vergessen hatte. Schnell rannte sie wieder nach oben, an Oma Leineweber, dem Banker und Frau Zickert vorbei, wurde von ihrer Mutter abgefangen, die ihr zurief: »Dein Vater kommt überraschend für ein paar Tage in die Stadt und will dich sehen«, nickte nur schnell, grapschte sich ihre Unterlagen und verschwand wieder, nicht ohne unten auch noch Baby Ben und seiner Mutter zu begegnen, die sofort eine Bestellung für einen neuen Babysittingtermin bei ihr abgaben.

Gut, dass nach dieser Hektik der Schulweg einigermaßen ruhig verlief, und gut, dass die Schule einigermaßen ruhig verlief. So ruhig, dass sie sich nicht einmal über Paul, den gruseligen Albtraum, aufregen musste, der es schaffte, in der Cafeteria hinter ihr zu stehen und einen auf supercooler Machotyp zu machen. Er raunte ihr ein »Mann, gibt's hier leckere Cremeschnittchen« ins Ohr und lachte sich lauthals darüber kaputt. Es versetzte sie nur in einen kurzen Schockzustand. Beide, Schock und Paul, konnte sie aber ganz schnell wieder abschütteln. Ihre Empörung war allerdings so groß, dass sie sich doch ihr Buch schnappte und schrieb: »Paul, das Riesen-A., wird beim Rollerfahren ohne Helm erwischt.« Und weil ihr das nicht ausreichend erschien, fügte sie noch hinzu: »Ab heute säuft Pauls Roller immer mindestens dreimal ab, bevor er ihn zum Starten bekommt.«

Dass ihr Satz ein voller Erfolg war, sah Lena nach der Schule, als Paul, außer sich vor Wut, immer wieder den Anlasser seines Rollers betätigte und, schon längst über die vorgeschriebenen »drei Mal« hinaus, sein Fahrzeug abwürgte. Sie grinste. Ups, sie hatte gar nicht gewusst, dass Pauls Superroller einen Anlasser hatte und nicht mit den Pedalen angetreten werden musste. Das war natürlich doppelt peinlich und sie lachte still in sich hinein, als Paul endlich den Motor anbekam und ohne Helm davonschoss. Gleich würde ihn die nächste Überraschung erwarten. Und wenn die Polizisten clever waren, dann würden die sicherlich auch die ungewöhnlich hohe Geschwindigkeit des Rollers feststellen. Zufrieden schob sie sich die Stecker ihres Handys ins Ohr, um zu hören, was es Neues gab. Dank eines weitsichtigen Eintrags in ihrem Notizbuch brauchte sie sich um die Pflege ihrer Musikdatei nicht mehr zu kümmern und war immer kostengünstig auf dem aktuellsten Stand. Das zumindest funktionierte – wahrscheinlich, weil das Gerät eigentlich Mama gehörte und es deshalb nicht gegen den Zauber immun war. Sie musste sich eben auch über die kleinen Dinge freuen, die sie erreichen konnte. Worauf sie noch gespannt war, war der Spaziergang mit Goethe. Sie musste unbedingt schauen, wie sich die neuen Bäume machten.

Im Park angekommen, staunte sie nicht schlecht. Sie hatte sich das so schön vorgestellt: zehn riesige Bäume, vielleicht ein paar Birken, eine alte Weide und einige Buchen, die im Herbst schöne gelbe Blätter bekommen würden, locker verstreut auf der weitläufigen Hundewiese. Und jetzt? Von großartigen neuen Bäumen keine Spur. Im Gegenteil. Sie konnte gerade noch sehen, wie ein Gärtner des städtischen Grünflächenamtes sich in der Mitte der Wiese an einem zarten Stängel zu schaffen machte. Neben sich hatte er einen kleinen Wagen, aus dem bereits einige Stämmchen herausschauten. Herausgerissen, tippte Lena. Da war etwas falsch gelaufen, eindeutig. Der Mann zog und zerrte an dem schmächtigen Bäumchen, dass es einem das Herz brach. Lena hockte sich schnell mitten auf die Wiese und schrieb: »Der Gärtner pflanzt die Bäumchen hier auf der Wiese neu ein, in einem schönen Abstand, sie wachsen alle an und werden schnell groß. Und er bekommt keinen Ärger, weil er einen offiziellen Auftrag hat.« Man konnte ja nie wissen.

Sie ließ Goethe von der Leine, der erst einmal den Grünflächenamtswagen inspizierte und am Vorderrad sein Bein hob. Mangels Bäumen, dachte Lena schadenfroh. Sie beobachtete den Gärtner, der sichtlich lustlos die Pflanzaktion anging. Wenn die Sache mit den Bäumen auch nicht so geklappt hatte wie geplant, so war die Sache mit der Spende an die Kirche ja wohl eine todsichere Sache. Trotzdem musste sie unbedingt mal nachsehen. Die Kirche war auch heute nicht leer. Schade. Aber nicht Hannah feudelte in dunklen Ecken und turnte auf der Jagd nach Spinnweben herum, sondern Pfarrer Hering saß im letzten Kirchenbänkchen, die Hände gefaltet, den Kopf gebeugt. Als sie eintrat, schaute er auf.

»Ach, Valentina, wie schön, dass du mal wieder vorbeikommst. Gibt es was zu lernen?«

»Guten Tag, Pfarrer Hering«, antwortete sie höflich. »Nein, ich wollte einfach so hereinschauen. Es ist so schön kühl hier.«

»Ja«, seufzte er und stand mühsam auf. Na ja, freiwillig würde er nicht von irgendwelchen Spenden erzählen, sie musste ihn schon fragen.

»Ist irgendetwas passiert?«, erkundigte sie sich unverfänglich.

»Ach, eine komische Geschichte. Sollte man wohl nicht so herumerzählen, aber es steht ja vermutlich sowieso morgen in der Zeitung.«

Der Pfarrer sprach in Rätseln. Lena schaute ihn mit angehaltenem Atem an. Er wirkte nicht sehr glücklich, zumindest nicht so glücklich, wie man es von einem

Mann erwarten konnte, dessen Gemeinde eben großzügig bedacht worden war.

»Nun, heute früh lagen drei Goldbarren hier auf dem Altar. Könnte natürlich eine Spende sein, könnte aber auch Diebesgut sein. Also hab ich es der Polizei gemeldet. Das gab vielleicht einen Auflauf. Gerade ist der letzte Journalist gegangen. Die hatten wohl heute nichts anderes zu tun.«

Oh nein. Lena schlug sich die Hand vor den Mund. Nicht doch, warum war Pfarrer Hering nur so grundehrlich! Hätte sie ein Zettelchen dazuschreiben sollen: »Dies ist eine Spende und kein Diebesgut?« Ach, wie schwer es doch war, Gutes zu tun! In diesem Augenblick rumpelte es in der Kammer hinter dem Altar. »Hannah«, erklärte Pfarrer Hering. »Sie hat gerade noch rausgekehrt, was Presse und Polizisten so hinterlassen haben.«

»Was passiert nun mit den Goldbarren?«

»Nun, die Polizei versucht herauszubekommen, woher die Dinger stammen. Liegt irgendwo ein Diebstahl vor? Steuerhinterziehung oder so etwas. Es wird Jahre dauern, selbst wenn sie nichts herausfinden werden. Ich werde gelegentlich nachfragen. Wir könnten es schon brauchen, das weißt du ja.« Lena nickte. Klar, sonst wären die dicken Dinger ja nicht hier gelandet. Pfarrer Hering war ständig auf Jagd nach Geld für seine Gemeinde. Gleich heute Nachmittag würde sie noch einen entsprechenden Eintrag in ihr Büchlein machen, der die Angelegenheit ein bisschen beschleunigte.

Hannah schloss sich ihr an, als sie nach Hause ging. »Und?«, fragte Lena.

»Was und?«, gab Hannah zurück, redselig wie immer. Da war ihr T-Shirt ja mitteilsamer. Heute hatte sie sich den Spruch »Manche Hähne glauben, dass die Sonne wegen ihnen aufgeht« ausgesucht – na, so einen kannte Lena auch.

»Und, kommst du wieder mit mir rauf?«

Hannah guckte sie groß an, zuckte dann die Schultern. »Nee, sie hat mir einen Schlüssel gegeben.«

Das war mal eine gute Nachricht! »Wirklich? Das ist ja toll!«

»Weiß nicht.« Hannah starrte auf ihre Füße, die sich automatisch bewegten.

»Wieso weißt du es nicht? Jetzt musst du nicht mehr vor der Tür hocken und dir Sorgen machen, ist doch toll, was sonst?«

»Ich will sie nicht immer sehen müssen – so sehen müssen«, fügte Hannah hinzu. »Ich weiß ja nicht, was mich erwartet, wenn ich die Tür aufmache.«

»Ach, das wird schon«, konnte Lena Hannah guten Gewissens beruhigen. Im Gegensatz zu so vielen anderen Dingen, dachte sie noch, aber das sagte sie lieber nicht laut.

KAPITEL 9

Es dauerte eine ganze Weile, bis sie den Zettel am Kühlschrank entdeckte. »Dein Vater holt dich um 18.30 h ab, 1000 Küsse Mama – und bitte in Zukunft keine blaue Tinte mehr in die Topfpflanzen kippen, ja?«, mit mindestens hundert Smileys. Ein Glück, dass sie ihn überhaupt noch rechtzeitig entdeckt hatte, die Küche war nicht gerade der Raum, in dem sie sich bevorzugt aufhielt. So, Papa war also jetzt schon wieder im Land. Und der Spaß mit dem Benjamini war irgendwie auch nicht so angekommen. Von wegen blaue Tinte. Lena dachte nach. Die Abende mit Papa waren immer schön. Ihr Vater war das, was Mama geringschätzig »einen charmanten Schwätzer« nannte. Er war unterhaltsam und erzählte die wildesten Geschichten aus fernen Landen. So eine Art Karl May der Moderne. Er kam ja auch viel herum in seinem Job. Sämtliche Finanzmetropolen kannte er wie seine Laptoptasche, Hotels, Flughäfen, Taxiunternehmen. Und jedes Mal versprach er ihr, sie eines Tages mitzunehmen. Hm, ob er sich schon einmal überlegt hatte, was sie so anstellen würde in den Metropolen der Welt, während er seine wichtigen Businessbesprechungen abhielt? Sie war ja kein Koffer, den man unbesorgt im Hotelzimmer abstellen konnte. Egal, Papa kam und Papa wollte entsprechend freudig begrüßt werden. Da glich er Goethe ein wenig, der sich sicher auch über den Besuch freuen würde.

Als es gegen halb sieben klingelte, stand Lena bereit. Bei Papa wusste man nie: Kino, Edelrestaurant, Stehimbiss oder Ausflug ins Grüne. Also trug sie weiße Jeans, Tunika und bunte Leinenturnschuhe und sogar einen kleinen Rucksack, da sie nicht ohne Notizbuch und Stift aus dem Haus gehen wollte. Papa rannte die Stufen des Treppenhauses hinauf, als wolle er den nächsten Wettbewerb im Hochhaustreppenlauf gewinnen. Immer zwei Stufen auf einmal. Das konnte er, weil er keinen Anzug, sondern eine Freizeithose und Poloshirt trug. Also kein Nobelrestaurant. Er strahlte sein strahlendstes Begrüßungslachen, als er sie noch im Treppenhaus umarmte, hochhob und einmal im Kreis wirbelte. Lachend stellte er sie ab. »Och, in meinem Alter sollte ich das nicht mehr tun«, keuchte er, strahlte noch immer und wie so oft dachte sie, dass ihr Papa wie eine Mischung aus Cary Grant, den sie aus Mamas alten Filmschmonzetten kannte, und dem aktuellen Werbetyp für die größte Versicherung hierzulande wirkte. Sie zog ihn in die Wohnung, weil sonst gleich Oma Leineweber herausschauen würde, die erklärtermaßen für ihren Papa schwärmte und ganz sicher ein ausgewachsener Cary-Grant-Fan war.

»So möchtest du auf den Golfplatz?«, erkundigte er

sich nach einem prüfenden Blick auf ihr Outfit und nachdem er Goethes Begrüßungsaktion glücklich hinter sich gebracht hatte.

»Äh, Golfplatz?«, fragte Lena.

»Klar, hatte ich Silvia doch gesagt. Ich habe eine Trainerstunde und dir schadet es auch nichts, wenn du mal wieder einen Schläger in die Hand nimmst. Danach ins Restaurant, es sei denn, du hast andere Pläne.«

Okay, Golfplatz also. Bereits vor einigen Jahren war ihre Golfkarriere nach kurzer, erfolgloser Zeit vorüber gewesen, nämlich genau dann, als Papa aufgehört hatte, sie permanent am Wochenende mit über den Platz zu schleppen. »Gut, ich habe nur keine Schläger mehr, keine Schuhe und, äh, keine Ahnung«, meinte sie zögernd. »Und umziehen muss ich mich auch noch.«

»Alles Käse, du ziehst dir kurz ein Polo-Shirt an und fertig. Den Rest kriegen wir schon hin, wäre ja gelacht, wozu bin ich seit fünfzehn Jahren dort Mitglied.« Ja, ja, wäre ja gelacht.

Tatsächlich wurde Lena vom Golfclub ausgestattet, und als sie nach einer harten Stunde mit labbrigen Armen und verdrehtem Rücken im Restaurant saß, wusste sie schon, warum sie damals dem Golfen keine Träne nachgeweint hatte. »Papa, mach dir nichts draus, aus mir wird einfach keine zweite Laura Davis oder wie auch immer die heißt«, tröstete sie ihn und so wurde es noch ein ganz angenehmer Abend, wenn man mal davon absah, dass sie sich kaum mit ihrem Vater unterhalten konnte, da sich die Besucher an ihrem Tisch quasi die Klinke in die Hand gaben. Alte Geschäftsfreunde, ehemalige Kollegen, ein plötzlich wieder aufgetauchter Studienfreund, der zwanzig Jahre in Australien gelebt hatte, was eine lange Zeit war und damit ein langes Gespräch bedeutete, der Arzt, der Lena auf die Welt geholt hatte, und so weiter. Lena schwirrte der Kopf vor Namen, die Hand vor Händeschütteln, und wenn ihr Hintern hätte schwirren können, weil sie andauernd aufstehen und sich wieder setzen musste, so hätte er das getan. Sie wusste sich schließlich nicht mehr zu helfen, entschuldigte sich, ging auf die Toilette und schrieb kurz in ihr Heft: »Jetzt ist Schluss und Papa bringt mich nach Hause«, was dann auch prompt geschah, als sie zurückkehrte. »Himmel, du hast ja morgen Schule, sag doch was, Mädchen, jetzt lass uns schnell gehen. Jürgen, es war spitze, dass wir uns gesehen haben, wir sprechen wegen eines Flights, ja? Vielleicht können unsere Sekretärinnen einen Termin . . .? Genau.« Schulterklopfen, Händeschütteln, Lächeln und Tschüss.

Leider wollte Papa nicht mit nach oben kommen und Mama wenigstens Guten Abend sagen. Er meinte, das könne er auch am Telefon und außerdem sei er sich nicht sicher, ob es wirklich ein guter Abend werden würde, wenn sie ihn zu Gesicht bekäme. Also ließ er Lena vor dem Haus aussteigen, nicht ohne sich für den nächsten Tag mit ihr zu verabreden. Er auf einen schnellen Kaffee in der Mittagspause, denn nur dazu würde seine Zeit reichen, sie auf ein schnelles Eis, aber nur, wenn sie sich echt beeilen würde. Es war eigentlich, wie wenn man sich mit seinem Freund verabredete, dachte Lena, eine gute Übung für später. Sie musste nur darauf achten, dass sie sich einen Freund mit mehr Zeit aussuchte.

Aber dafür war er pünktlich. Wie er das bei all seinen Terminen, Verabredungen und Veranstaltungen schaffte, war ihr ein Rätsel. Vielleicht lag es an seiner Sekretärin, die ihn von ihrem Büro aus in der ganzen Welt herumsteuerte wie eine Marionette an besonders langen Fäden. Irgendwie hatte sie ihn also auch rechtzeitig zur Eisdiele befördert. Da saß er schon, mit seinem schnellen Kaffee. Sie konnte froh sein, dass er ihr noch kein Eis bestellt hatte. Oder von der Sekretärin hatte bestellen lassen. Jede Minute zu spät würde mit ein bisschen mehr Eismatsch bestraft werden, über solche Witze konnte er sich nämlich kaputtlachen.

Eigentlich hätte sie daran denken müssen. Dass die Eisdiele bei Mamas Büro um die Ecke war. Oder er hätte daran denken müssen. Selbst im größten Gedränge, das auf dem kleinen Platz am Rand der Fußgängerzone herrschte, brauchte Lena nur einen schnellen Blick und hatte schon die schlanke, schicke Gestalt erkannt, die eilig einem geheimen Ziel entgegenstrebte. Mama strebte immer. Schlendern, bummeln und planlos in der Gegend herumwandern, das waren nicht ihre Dinge. Sofort winkte Lena. Das war ein Reflex, wirklich. Sie hatte sich keinerlei Gedanken gemacht, ob es Papa oder Mama recht war, hier aufeinanderzutreffen. Aber wer würde nicht winken, wenn er seine Mutter mitten im städtischen Getümmel entdeckte? Lena winkte also, und ohne zu zögern, strebte Mama jetzt auf sie und Papa zu. Klar hatte sie erkannt, wer da neben ihr saß, aber sie konnte ja auch nicht ahnen, dass Lena und das Notizbuch und … Oh je, hatte sie da nicht noch ein wenig drüber nachdenken wollen? Was hatte sie doch gleich geschrieben? Irgendetwas mit Kniefall und Liebesbeichte und auf Händen tragen. Sie rutschte unruhig auf ihrem Stuhl hin und her. Papa schlürfte währenddessen zufrieden an seinem Kaffee und bemerkte überhaupt nicht, was so halb hinter seinem Rücken und direkt in Lenas Kopf vor sich ging. Auch Lenas Winken interessierte ihn nicht, weil er sich auf die fünf Eissorten konzentrieren musste, die Lena ausgesucht hatte und die er nun der Bedienung diktierte.

Dann geschah etwas Unglaubliches. Lenas Mutter näherte sich mit ihrem »Na, so eine Überraschung aber auch«-Lächeln, nickte Lena zu und klopfte ihrem Ex-Gatten lässig auf die Schulter. Der sprang auf, was ja noch einigermaßen im Rahmen war, weil man das als anständiger Herr so machte. Doch statt ihr wohlerzogen seine Hand zu geben und sie zu begrüßen, fiel er vor aller Augen auf die Knie, streckte ihr theatralisch die Hände entgegen und rief aus vollem Hals: »Ich gestehe dir meine ewige Liebe!« Mama wurde binnen einer Nanosekunde rot wie ein Radieschen, Papa sprang genauso schnell wieder auf, wie er auf die Knie gefallen war, schüttelte sich kurz, rang nach Worten und schnappte Mama, die vor Schreck erstarrt und völlig wehrlos war. Entschlossen hob er sie auf seine Arme und lief mit ihr mitten in die Menschenmenge der Fußgängerzone hinein. Schon beim Hochheben hatte sich Mamas Erstarrung gelöst, beim dritten Schritt schrie sie, als wäre Lenas Papa ein Alien, der sie in sein Raumschiff entführen wollte, beim siebten Schritt bog eine Polizeistreife auf riesenhaften Pferden um die Ecke, stellte sich in Papas Weg und bei seinem zehnten Schritt stellte er Mama so plötzlich auf dem Pflaster ab, als hätte er eben festgestellt, dass sie Lepra hatte. Mama geriet kurz ins Straucheln, schrie wieder, weil sie fast unter Pferdehufen gelandet wäre, und erst als sie mehrmals beschwichtigend den Polizisten abgewunken hatte, hörten die auf, Papa mit den Pferden zu bedrängen. Die Leute an den umliegenden Tischen sahen gespannt herüber. Es waren sogar ziemlich viele Passanten stehen geblieben, die sich das zuerst romantische, dann eskalierende Schauspiel nicht entgehen lassen wollten. So hatte Lena sich das nicht vorgestellt. Ihr Vater wirkte wie ferngesteuert und ihre Mutter machte den Eindruck, als wären ihr eben hundert Kakerlaken über die nackten Füße gelaufen. So sah keine Frau aus, die sich gleich überwältigt von ihren Gefühlen dem

Geliebten in die Arme werfen würde. Lena hatte ganz klar vergessen, ihre Mutter in ihren Wiedervereinigungsplänen zu berücksichtigen. Eine kleine Bemerkung in der Art von »Mama ist hingerissen und fällt Papa um den Hals« hätte der Szene wirklich gutgetan. Lenas Backen brannten fast so rot wie die ihrer Mama.

Nachdem die Polizisten beruhigt worden waren und hufklappernd weiterzogen, wandte sich Lenas Vater seiner Ex-Frau zu. »Silvia, also wirklich, das ist mir entsetzlich unangenehm. Glaub mir, ich weiß nicht, was in mich gefahren ist. Jetzt komm, setz dich doch endlich wieder, die Leute schauen ja schon.« Tatsächlich stand Lenas Mama noch immer mit Radieschenkopf stocksteif da, wo Papa sie eilig abgestellt hatte. Schock, stellte Lena fest, eindeutig ein Schock. Nur was machte man doch gleich, wenn man einen Schockpatienten hatte? Füße hoch? Etwas Kaltes auf die Stirn? Weil Papa jetzt verlegen angefangen hatte, die Stühle am Tisch zu ordnen und die kleine Vase mit den Kunststoffblümchen optimal zu platzieren, stand Lena auf, führte ihre erstarrte Mama zum Platz neben sich und drückte sie kurz entschlossen auf den Stuhl. »Thomas, ich habe mir ein zufälliges Treffen etwas anders vorgestellt«, meinte die schließlich mit kratziger Stimme, »ich meine, ein bisschen weniger emotional. Ich dachte, wir sind beide zufrieden, so wie es ist.«

»Natürlich, sind wir auch. Vergiss es bitte einfach, es war . . . ich bin ausgerutscht, genau, und der Rest, das war ein Scherz, wirklich, ich gebe es zu, ein missratener Scherz. Meine einzig wahre Liebe sitzt doch hier am Tisch.« Er zwinkerte Lena zu, winkte dann schnell der Bedienung, orderte noch einen Latte macchiato und für sich einen doppelten Espresso und sicher hätte er gerne noch einen doppelten Schnaps bestellt, aber dazu hatte er zu gute Manieren.

»Dann achte in Zukunft bitte auf deine Schuhe«, lachte ihre Mutter gekünstelt, sie hatte sich bemerkenswert schnell wieder gefasst, fand Lena, ganz die Geschäftsfrau, die nichts von den Socken hauen konnte. Oh, Gott sei Dank war diese peinliche Szene vorbei. Heimlich tastete Lena nach dem Notizbuch in ihrer Jackentasche, wo es zwar ein wenig gequetscht war, aber keinen Schaden nehmen würde. Völlig unverantwortlich gefährlich, das Teil. Man sollte einen Führerschein für solch unheimliche Dinge einführen, dann würde auch nicht so viel schiefgehen, ärgerte sie sich. Sie beobachtete ihre Eltern, die sich bemühten, eine einigermaßen normale Unterhaltung zu führen. Doch ihre Mutter war sichtlich erleichtert, als das Latte-macchiato-Glas leer war und sie nach einem Blick auf die Uhr feststellen durfte, dass es höchste Zeit für was auch immer war. Küsschen, Küsschen und schnell weg.

»Puh, vergiss das ja wieder, o.k.?«, grinste ihr Vater. Sie nickte erleichtert und nahm sich vor, ihre Eltern vorerst in Ruhe zu lassen. Sie würde ihre Wunderkraft auf andere Dinge konzentrieren. Zum Beispiel Hannahs Mutter. Oder den unerträglichen Paul, den Abturner schlechthin. Und natürlich die Hilfsbedürftigen auf der ganzen Welt. Klimaschutz? Ölreserven? Afghanistankonflikt? Keine schlechten Themen. Würde da ihr kleines, unscheinbares Büchlein helfen können oder waren diese Dinge ein paar Nummern zu groß?

Kapitel 10

Jetzt hatte Lena schon zwei Papa-Treffen hinter sich und sich trotzdem noch ein Wochenende mit Mama und Papa herbeigeschrieben. Na gut, es war kein komplettes Wochenende, sondern nur ein Samstag, aber dafür ein ausgedehnter. Sonntag würde Papa wieder nach WeißderTeufel fliegen und natürlich hätte sie alle Flüge für diesen Tag ausfallen lassen können. Die von ihrem Flughafen, die von ganz Deutschland, die von aller Welt. Eine Kleinigkeit, wie inzwischen jeder wusste. Aber wer konnte schon ahnen, welche bahnbrechenden Gespräche nicht geführt werden würden, welche Schicksale sich nicht erfüllen und welche Wirtschaftszweige am Boden liegen würden, nur weil Lena ein paar Stunden mehr mit ihrem Papa verbringen wollte. Also dann doch lieber nur ein erfüllter Samstag und fertig. Sie gestaltete ihn so, dass ihr das spitzfindige Büchlein nicht gleich wieder die Worte im Mund – oder sagte man dann »auf dem Papier«? – herumdrehen konnte. Aber zuerst hatte sie noch ein Hühnchen mit Mama zu rupfen.

»Mom? Ich möchte heute Abend mit euch in dieses wahnsinnige Konzert. Ich kann garantiert noch Karten bekommen, wirklich, und echt ganz billig.«

»Sonst geht's dir noch gut? Niemals wird Papa auf so ein Kreischkonzert gehen, wie er sich immer ausdrückt, Schatz. Sei bitte nicht enttäuscht, aber selbst wenn du noch Karten bekommst, dann hast du die Rechnung ohne Papa gemacht.«

»Quatsch, ich überrede ihn schon. Er . . . nun, er ist mir noch was schuldig.«

»Seit Wochen verlosen sie die Karten im Radio. Weil das Konzert schon ewig ausverkauft ist. Kennst du jemand, der welche hat und nicht kann? Wir nutzen auf keinen Fall die Notsituation anderer Leute aus, verstanden?«

»Schon klar, Mami, alles geregelt, keiner wird über den Tisch gezogen und Notsituationen gibt es auch nicht. Wollen wir wetten?«

»Um was?«, fragte ihre Mutter belustigt.

»Du spielst Lotto und ich übernehme eine Woche die Einkäufe.«

»Ich spiele nie Lotto, das weißt du doch, und für die Einkäufe habe ich sowieso selten Zeit. Aber hm, sagen wir, einen Monat einkaufen, ja?«, feilschte ihre Mutter.

»Also gut, aber glaub mir, heute spielst du.«

»Wenn du dir so sicher bist. Schlag ein.« Lena brauchte nicht lange, gab vor zu telefonieren und schickte anstandshalber ihrem Vater noch eine SMS zur Info. Alles andere regelte das Notizbuch. Es stand ja nirgendwo, dass die Karten für sie waren. Papa verspürte offenbar den dringenden Wunsch nach einem aktuellen R&B-Konzert, da musste man ja was unternehmen, oder?

»Die Karten sind an der Kasse hinterlegt, wir müssen sie nur noch abholen. Los, wir haben noch ein bisschen Zeit zum Lottospielen.«

»Na, das müssen wir jetzt auch. Die Karten kosten sicher ein Vermögen.«

Damit war der Samstag gesichert, endlich funktionierte das Buch einmal so, wie Lena sich das vorstellte. Erst später war ihr aufgegangen, dass sie auch Hannah hätte fragen können. Dann wäre es zwar kein Familienausflug mehr gewesen, aber mit zwei Mädels war ein Konzert doppelt so spaßig. Mal ehrlich, ihre Eltern waren zwar auch gut drauf, aber mehr als reduziert mit dem Fuß gewippt, dem Kopf genickt oder mit dem Po gewackelt war nicht drin gewesen. So richtig ausflippen konnten die beiden nur bei ihren 80er- und 90er-Oldies, die man wirklich nur in einem ordentlichen Remix gut ertragen konnte. Und ihr war mal wieder klar geworden, dass ihre Eltern eben steinalt waren. Grau und faltig wie Nacktmullbabys. Vor lauter Schreck darüber hatte sie angefangen, laut zu kreischen, was aber außer ihren Eltern niemand aufgefallen war, weil sowieso alle herumschrien und man von der Musik gar nicht mehr allzu viel mitbekam.

Nach so einem Samstagabend war der halbe Sonntag für die Füße, klar. Sie konnte sich nur noch nebulös erinnern, dass sie irgendwann am frühen Morgen mit

Goethe rausgegangen und danach schnell wieder ins Bett geschlüpft war. Dem Himmel sei Dank, dass es regnete. Da hatte sie überhaupt kein schlechtes Gewissen, sich wieder zusammenzurollen, Goethe zu sich ins Bett zu lassen, damit er nicht herumnörgelte, und bis in den Mittag hinein zu gammeln. Bis in den Mittag, als es an der Wohnungstür klingelte. Und weil Mama nicht öffnete, Goethe aber mit einem riesigen Satz hochgeschnellt und dazu direkt auf ihrem Bauch abgesprungen war, als wäre sie die Abschussrampe eines Spaceshuttles, tappte sie zur Tür. So wie sie war. Zerzaust, zerwuschelt, zerknautscht.

Banker Lars stand davor, ups, wie peinlich. Schnell strich sie sich die Haare glatt und linste nach unten, ob das T-Shirt korrekt saß. Egal, war eh schon zu spät. Er trug wieder sein Lauf-Outfit, sah blendend gelaunt und bestens gestylt aus und lief sich bereits auf der Stelle warm. Erst jetzt sah sie auch Hannahs Gesicht hinter ihm auftauchen. Ein wenig blass wie immer, dafür ohne Häkelmütze, die langen Haare zu einem braven Zopf zusammengefasst und mit großen fragenden Augen.

»Hey, wollte mal fragen, ob ich mir Goethe ausborgen kann für meinen Lauf. Ist ja viel sportlicher so mit Hund und«, er zwinkerte verschwörerisch, »ich sag dir, die Frauen fliegen auf Männer mit Hunden!«

Ach so, Goethe als wandelnde Kontaktanzeige von wegen »Suche tier- und männerliebe Frau zum gemeinsamen Gassigehen und mehr«. Der Mann konnte einem echt leidtun. Wenn er schon so verzweifelt war und zu solch krassen Mitteln greifen musste, um zu einer Freundin zu kommen, bedauernswert. Andererseits – vielleicht verbarg sich hier eine einmalige Geschäftsidee? »Hund zu vermieten: Kontakte finden leicht gemacht – mit unseren speziell geschulten Anbagger-Hunden. Testen Sie jetzt.« Lena grinste bei der Vorstellung, Goethe als Kontakthund ausbilden zu lassen. Der hatte aber schon seinen Namen gehört und drängte sich an ihr vorbei in den Flur, als hätte er genau kapiert, um welch schicksalhafte Frage es hier ging.

»Und Hannah? Fliegen Frauen auch auf Hannah?«, fragte sie noch immer grinsend.

»Äh, Hannah?«, der Banker schaute sich erstaunt um. »Ach so, nein, wir sind uns nur auf der Treppe begegnet.«

Lena stutzte, das klang ja gar nicht gut.

»Mama ist joggen und ich hab den Schlüssel vergessen«, klagte es hinter seinem Rücken. Puh, welch Erleichterung. Hannahs Mutter war joggen, wenn das mal kein Fortschritt war.

»Seit wann joggt sie denn?«, meinte Lena.

»Oh, früher hat sie das immer gemacht. Eigentlich ist sie echt sportlich und jetzt, seit zwei Tagen, also seit, na ja, irgendwie hat sie es eben wieder angefangen und jetzt kann sie nicht mehr aufhören. Nicht einmal, wenn es regnet.«

Der Banker lachte. »Es gibt kein schlechtes Wetter, nur schlechte Kleidung«, dozierte er und Lena dachte nur: Gähn, wie originell.

»Weißt du was? Dein Goethe und ich, wir finden Frau Zickert schon irgendwo und fangen sie wieder ein, ja? Dann habe ich wenigstens ein Erfolgserlebnis.«

Lena nickte begeistert. Das war eine so durch und durch gute Idee, dass sie es kaum fassen konnte. Hätte sie nicht besser schreiben können, fand sie. Ein gemeinsames Hobby war die Grundlage für eine zukünftige Beziehung. Und Hannah kam ihr jetzt auch gerade recht zum Klönen und Schwatzen, denn irgendjemandem musste sie ja von dem Konzert erzählen, sonst würde sie gleich platzen.

»Viel Glück, und wenn Sie ihn von der Leine lassen, dürfen Sie ihm durch die ganze Stadt nachjagen«, meinte sie frech und zu Goethe: »Brav sein, gell?«, und klopfte ihm so kräftig auf den Hintern, dass er fast umgefallen wäre.

»Also, Herr Eckmann ist vielleicht ein toller Typ, findest du nicht auch?«, fragte sie, als sie mit Hannah in ihr Zimmer ging. Hannah guckte sie nur groß an. Jetzt konnte Lena auch ihr T-Shirt sehen: »I've got the blues.« Och nee, bitte nicht so einen deprimierenden Spruch an einem verregneten Sonntagmittag. Das konnte anstecken sein. »Nein, doch nicht für mich, Mensch, aber vielleicht gefällt er deiner Mutter.«

Hannahs Augen fielen fast aus ihrem Kopf, so groß waren sie geworden und so heftig schüttelte sie ihn.

»Er ist noch nicht so alt, wirklich, so um die vierzig, würde ich sagen. Und deine Mutter? Auch vierzig? Nein? Jünger?« Hannahs Kopfschütteln drückte die blanke Verzweiflung aus. Lena ignorierte sie. »Also was, jünger oder älter?«

»Achtunddreißig«, stammelte Hannah schließlich.

»Was, erst? So eine junge Mutter ist doch klasse, meine ist fünfundvierzig, das ist schon fast fünfzig!« Dieses Mal wackelte Hannahs Kopf, als wäre er das Ei auf dem Löffel beim Eierlaufen, das jeden Augenblick herabfallen konnte.

»Also, das passt doch super, finde ich. Der Mann ist allein und sieht ganz gut aus für so einen Oldie und deine Mutter ist auch allein und braucht dringend Abwechslung.« Hannah zuckte zusammen, als hätte man ihr einen Kübel Eiswasser über den Kopf geschüttet. »Also gut, vergiss es. Ich finde ihn eben niedlich. Und wie der auf Goethe steht, das ist doch süß. Hast du schon gefrühstückt?« Ein Blick auf ihren Funkwecker sagte ihr, dass es zwar eher Zeit für ein ausgedehntes Mittagessen war, aber dieses Mal leuchteten Hannahs Augen auf. Nicht wegen des Frühstücks, sondern wegen einer anderen Entdeckung.

»Du hast ja einen blauen Benjamini!«, rief sie erstaunt und untersuchte Blatt für Blatt der seltenen Züchtung. »Wo gibt's die denn? Oder ist der aus Plastik?«

»Nee, der war einfach eines Tages blau. Vielleicht liegt's am Wasser. Kalkgehalt oder Säure.«

»Hast du Tinte ins Wasser getan?«

»Also echt, hat mich Ma auch schon gefragt. Nix Tinte. Ein Wunder eben.«

»Vielleicht kann man ihn züchten. Darf ich mir einen Ableger nehmen?«

Seit wann hatten Benjis denn Ableger? Aber Lena nickte und schon zwickte Hannah der seltenen Pflanze einen Zweig ab. Dann noch einen, zur Sicherheit. »Ich nehm mal zwei, vielleicht klappt es ja.« Sie wickelte die Ästchen in ein Papier und schob sie sich in die Jeanstasche.

In der Küche gab es schon Frühstück. Und eine Mutter, die auf den Bildschirm ihres Laptops starrte. Also wirklich, wenn sie wach war, dann hätte sie doch auch die Tür öffnen können.

»Guten Morgen, ich dachte schon, du führst Selbstgespräche.« Sie küsste Lena auf die Stirn, die sich zu ihr hinunterbeugte, und nickte Hannah zu. »Hannah vom Erdgeschoss?«, stellte sie erstaunt fest und klang schon fast so herablassend wie die Brechsteins. Sie könnte wirklich mal ein bisschen netter sein, fand Lena, auch wenn es eigentlich schon eine Leistung war, dass sie sich überhaupt an Hannahs Namen erinnerte.

»Hannah frühstückt mit uns«, erklärte sie und stellte noch ein weiteres Gedeck auf den Tisch. Das Nutella-Glas war leer, doch das war kein Problem. Sie entschuldigte sich rasch, huschte in ihr Zimmer, um ein Nachschubglas per Notizbuch zu organisieren, kehrte zurück und holte siegessicher das frische Glas aus dem hintersten Eck des Vorratsschrankes. »Na so etwas«, murmelte Mama mäßig erstaunt, »muss ich wohl übersehen haben.«

Lena nannte sich eine Idiotin. Das Nutella-Glas bewies es. Schade, dass sie die Wette um das Einkaufen nicht verloren hatte. Nie wieder würde sie einen Laden betreten müssen. Sie konnte sich direkt alles nach Hause bestellen. Das Schlaraffenland schlechthin. Sie müsste nur noch Mama klarmachen, weshalb sie plötzlich so tolle Dinge hatte, ohne pleite zu sein. Sobald sie schrieb: »In diesem und jenem Schrank hängen drei Jeans von WeißderHimmel und ein lilafarbenes Paar Chucks und eine neue Schultasche von Wurstegalwer«, und nicht irgendwo erwähnte, dass die Dinge für sie selbst sein könnten, dann klappte das hervorragend. Siehe Nutella. Wieso hatte sie eigentlich ihrer Mutter den Lottogewinn aufgedrängt, den kein Mensch mehr brauchte? Ach ja, der Lottogewinn.

»Sag mal, Ma, hast du eigentlich schon die Lottozahlen gecheckt?«

»Ach, von wegen. Wieso soll ich nachschauen, wenn es sowieso null Chance auf Gewinn gibt, und wenn, was soll ich mit drei Euro fünfzig für drei Richtige?«

»Nur so zum Spaß, bitte, jetzt schau schon nach.«

Unter großem Seufzen und Augenrollen suchte ihre

Mutter online nach den aktuellen Gewinnzahlen. Und plötzlich wurde Mamas Gesicht ganz blass. Passiert einem ja nicht alle Tage, dass man gezwungenermaßen, weil man sein Ehrenwort gegeben hat, Lotto spielt. Und dann noch gewinnt. Sie sprang auf und wühlte in der Sonntagszeitung. »Das gibt's doch nicht«, stammelte sie. »Wo ist mein Schein, Lena, das muss ich nachschauen, liebe Güte, das kann ja nicht wahr sein!« Sie sauste in der Küche herum, zog Schubladen auf, wuselte in die Diele, um in ihrer Handtasche zu graben, und kam aufgeregt ihren Schein in der Hand wedelnd zurück. Sogar Hannah zeigte jetzt Anzeichen von Interesse. So wie beim blauen Benji. Ihre Augen leuchteten erwartungsvoll, als würde hier in wenigen Sekunden der Clown auf die Bühne treten, der Hase aus dem Hut hüpfen oder wenigstens eine zweite Pflanze blau anlaufen. Still, aber mit zittrigen Fingern, verglich Hannahs Mutter ihre Zahlen. »Fünf«, flüsterte sie, »fünf Richtige plus Zusatzzahl. Wahnsinn!«

Ja, man konnte schon wahnsinnig werden bei dem Gedanken, dass manche Menschen ein Leben lang jede Woche Lotto spielten und noch nie mehr als drei Richtige hatten und Mama einmal zuschlug und gleich einen Fünfer traf. »Jetzt kommt es auf die Quote an«, erklärte Mama mit andächtiger Stimme und verriet damit, dass sie sich sehr wohl mit den Gepflogenheiten beim Lottospielen auskannte.

»Wieso?«, fragte Lena unschuldig. »Du brauchst doch sechs Richtige und die Zusatzzahl.«

»Na, für den Jackpot, klar, aber auch ein Fünfer kann richtig Geld bringen, wenn die Quote stimmt, also wenn niemand sonst fünf Richtige hat und auch die Sechser nicht gefallen sind . . . Aber das klärt sich erst nächste Woche.« Sie warf einen ungläubigen Blick auf ihren Lottoschein und legte ihn dann in ihre Kruschelküchenschublade, aus der schon die Belege des letzten halben Jahres hervorquollen. »Einfach nicht drüber nachdenken, das macht mich sonst ganz nervös. Ich muss heute noch arbeiten, Liebes, was hast du vor?«

»Ma, es ist Sonntag, die Agentur hat geschlossen! Sei doch mal locker!«

»Von wegen, morgen um zehn Uhr haben wir eine wichtige Präsentation und es ist den Kunden völlig egal, ob es Wochenende war oder meine Tochter der Meinung war, dass ich mal locker sein soll. Gönnt ihr euch einen schönen Tag, geht ins Kino oder so. Macht es euch nett, ja?« Sie erhob sich samt Zeitung und sah sich suchend um. »Und übrigens, wo ist Goethe überhaupt! Hast du ihn in deinem Zimmer eingeschlossen?«

Ach so, Goethe. Kein Betteln neben dem Frühstückstisch, kein Schlabbern und Tropfen vor Gier, kein nervöses Zucken und Japsen, wenn der Schinken statt in seinem im Rachen eines Menschen verschwand. Das konnte man morgens beim Frühstück schon vermissen. »Lars hat ihn sich zum Joggen ausgeliehen!«, meinte Lena, als wäre das eine völlig normale Angelegenheit.

»Lars? Wer ist Lars und seit wann verleiht man Hunde wie Bücher oder CDs?«, ereiferte sich ihre Mama.

»Ja, schon gut, Mama. Lars ist der Banker von unten, neben Oma Leineweber. Lars Eckmann, netter Typ, voll seriös und total verknallt in Goethe. Hab ihm einen Gefallen getan. Ich war ja schon heute früh draußen, da war's noch fast dunkel.« Sie legte einen leichten Vorwurf in ihre Stimme und hätte gerne ein paar Worte dazu gesagt, dass sie selbst und nicht Mama heldenhaft und selbstlos mitten in der Nacht aufgestanden war und ihren geliebten Hund ausgeführt hatte.

»Sag mal, wünschst du dir eigentlich was?«, fragte Lena Hannah, als sie wenig später in Lenas Zimmer lümmelten und Musik hörten. Lena lümmelte auf ihrem Bett und Hannah in dem Sitzsack, der leider langsam seine Füllung verlor und die Leute, die auf ihm saßen, regelrecht in sich hineinsaugte. Von Hannah war nicht mehr viel zu sehen, außer Lenas Laptop, den sie auf den Knien balancierte.

»Meinst du 'ne neue Jeans, das neue iPhone, den Weltfrieden, eine Kreuzfahrt oder so was?«

»Äh, na ja, jeder wünscht sich doch irgendwas, oder?«

»Also gut, ich wünsch mir 'ne neue Jeans«, stellte

Hannah fest und blätterte online das Kinoprogramm durch.

»Also, ich habe mir eine Zeit lang gewünscht, dass Mama und Papa wieder zusammenkommen. Jetzt nicht mehr. Jetzt wünsch ich mir Konzertbesuche, endlich den Führerschein und von mir aus auch den Weltfrieden. Mein Pa möchte sowieso eine Kreuzfahrt mit mir machen, brauche ich mir also nicht zu wünschen.«

Hannah stieß einen Laut aus, der jede Fortführung der Diskussion unterband. War es ein Schnauben oder eher ein Stöhnen? Dabei hatte Lena gehofft, ein bisschen mehr aus Hannah herauszubekommen. Von wegen helfen können und so.

»Hier schau, der sieht gut aus.« Hannah zeigte Lena einen Filmtrailer. »Ich muss aber fragen, ob ich darf. Oh Himmel, meine Mutter ist bestimmt längst zurück und macht sich Sorgen. Ich geh schnell runter.«

Ja, oh Himmel, wo war eigentlich Goethe? Konnte man länger als zwei Stunden mit einem Hund mittleren Alters im Park joggen? Bei Regen? Während Hannah das Zimmer verließ, notierte Lena kurz: »Sollten Goethe, Lars und Frau Zickert noch nicht zurück sein, dann kommen sie genau jetzt!« Sie hatte schnell schreiben müssen, denn Hannah war schon zur Wohnungstür raus und galoppierte die Treppe hinunter. In dem Augenblick öffnete sich tatsächlich die Haustür und Goethe schoss herein, gefolgt von dem Banker und Hannahs Mutter. Beide nass und aufgeweicht wie ein paar Wollsocken nach der Handwäsche und lachend und plaudernd wie ein junges Paar am Sonntagnachmittag. Huch, es war ja Sonntagnachmittag! Hannah plumpste zuerst einmal rückwärts auf den nächsten Treppenabsatz, als sie die fröhlichen Stimmen und das Gelächter hörte. Sie war schon wieder am Kopfschütteln. Aber nicht lange, denn Goethe hatte sie entdeckt, war mindestens so gut gelaunt wie seine Gassiausführer und machte sich über sie her, bis sie genauso laut lachte wie ihre Mutter. Goethe, der Stimmungsretter. Goethe, der Therapeut. Guter Goethe. »Vergiss nicht, nach dem Kino zu fragen«, brüllte Lena durch das ganze Treppenhaus. »Um 16.00 Uhr geht es los, ich hole dich eine Stunde vorher ab, ja?«

Aber da hörte sie schon Frau Zickert, die Hannah aufgekratzt von ihren Erlebnissen berichtete, der eigenartigen Begegnung mit Herrn Eckmann, dem bescheuerten, aber ach so lustigen Wetter, gefolgt von der artigen Verabschiedung von Lars, der wohl auch überaus erfreuliche Stunden verbracht hatte, und dann Türenklappern, was darauf schließen ließ, dass sich die Versammlung aufgelöst hatte. Der Banker rief noch kurz: »Lena, bist du dort oben? Ich schick dir Goethe hoch, ja? Noch eine Stufe und ich brech zusammen. Er ist ein Traumhund, dein Goethe, wirklich!«, und tschüss, auch des Bankers Tür fiel scheppernd ins Schloss. Lena wartete, bis Goethe schlapp hechelnd die Treppe heraufgekrochen kam, seine Leine hinter sich herziehend, als würde der Banker noch dranhängen, und zielstrebig in der Küche verschwand, um sich über seinen Napf herzumachen. Heile Welt, oder was?

KAPITEL 11

Pünktlich um 15.00 Uhr stand Hannah vor der Tür. Lena hatte es gerade geschafft, Geld, Notizbuch, Handy und Fahrkarte einzustecken, da klopfte es zaghaft. Hannah hatte sich sogar richtig schick gemacht – extra für sie, Lena! – und Lena rechnete ihr das hoch an. Anstelle eines doofen Spruch-T-Shirts in Übergröße trug sie ein Top mit Karohemd zur Capri-Jeans und sogar ihre obligatorische Pudelmütze hatte sie sich verkniffen.

»Fertig?«, strahlte Lena. »Dann komm. Hoffentlich ist der Film gut, bin letzte Woche mit meiner Mom schon in einem so blöden Streifen gewesen.«

Hannah sagte nichts, nickte nur, ganz wie gewohnt die große Schweigerin.

»Ich geb Goethe noch einen Knochen, dann langweilt er sich nicht so, Moment, bin gleich wieder da.« Sie sprintete in die Küche, wühlte im Kühlschrank, wo sich noch ein Fleischknochen der letzten Woche fand, der einen verheerenden Gestank verbreitete. Genau richtig für Goethe, der schon ungeduldig sabbernd neben ihr saß. Sie warf ihm den Stinkeknochen hin und wusch sich die Hände. »Wehe, der Gestank geht nicht mehr weg«, keuchte sie, knallte schnell noch ihre Zimmertür und die Schlafzimmertür ihrer Mutter zu, da sie keine Lust auf abgekaute Knochen im Bett hatte, und schnappte ihre neue Fast-Freundin, denn soeben hatte sie beschlossen, dass Hannah genau das war. Ein schweigsames, eigenartiges, aber immerhin vorhandenes Mädchen, das sie inzwischen gut aushalten konnte, also fast eine Freundin. Deshalb freute sich Lena riesig, dass sie beide wie aus einem Mund das günstige Rock-Spar-Paket mit Popcorn, Cola und Fanposter bestellten, sich nach dem Film, den sie beide gleich genial gefunden hatten, die Reste ihrer Cola reinzogen und herrlich über Film, Kinobesucher und die Welt schlechthin lästerten. Der Beginn einer vielversprechenden Freundschaft? Trotzdem ertappte sich Lena dabei, dass sie ein schlechtes Gewissen hatte, wegen Lilli und Hannah. Hoffentlich war Lilli nicht eifersüchtig. Sobald sie zu Hause war, wollte sie das klären.

Lena: Hi Lilli. Sag mal, wär das für dich schlimm, wenn Hannah meine Freundin werden würde? Ich meine, nur für hier und so? Wärst du dann traurig?

Lilli: Quatsch, mach dir mal keinen Kopf. Wenn sich nichts ändert für uns? Du kommst mich trotzdem an Wochenenden besuchen und in den Ferien, oder? Und wir chatten und simsen den ganzen Tag? Ich hab hier ja auch Louisa und Sarah und die Mädels aus der Klasse.

Lena: Weißt ja, meine Klasse ist ein bisschen schwierig. Und nur Goethe auf Dauer ist so einseitig.

Lilli: Bosco hat auch seine Qualitäten, aber zum

Quatschen taugt er nur wenig. ☺ Hab ich dir schon erzählt, dass er sich auf der Koppel den Huf so dolle angeschlagen hat, dass ich den Tierarzt kommen lassen musste? Mal sehen, ob das was wird mit dem Turnier.

Lena: Oh, du Arme. Vielleicht kann ich was tun?

Lilli: Tierärztin Lena? Krass – es ist der linke Vorderhuf. Ohne den springt es sich nicht so gut. Und 1000 Dank.

Am nächsten Morgen entdeckte Lenas Mama, dass sie tatsächlich 50.000 Euro gewonnen hatte. Lena hatte schwer heucheln müssen, um die notwendige Begeisterung überzeugend darzustellen. Sie war eine miserable Schauspielerin. Aber warum hätte ihre Mutter auch an ihr zweifeln sollen? Wie in aller Welt hätte sie auf die Idee kommen sollen, dass Lena eigentlich schon Bescheid wusste und ihr die Überraschung nur vorspielte? Jedenfalls beschloss Mama spontan, einen Großteil des Geldes für schlechte Zeiten einzubunkern. Und weil sie sowieso keine Zeit haben würde, mit Lena in den Sommerurlaub zu fahren, wollte sie Lena statt zwei ganze drei Wochen in den Sprachurlaub schicken. Als ob das eine Entscheidung des Geldes gewesen wäre! Und als ob das ein Grund zur Freude wäre. All ihre Proteste nutzten nichts. Dabei wollte sie doch in den Ferien zu Lilli. Oder noch besser, mit Lilli – und natürlich Goethe – in die Ferien, aber davon wussten im Moment weder ihre noch Lillis Eltern etwas. Ganz zu schweigen von Goethe, der würde eine zusätzliche Woche in der Tierpension verbringen müssen, wenn sie noch länger wegblieb. Er würde todunglücklich, mit räudigem, stumpfem Fell und glanzlosen Augen auf sie warten und sie mindestens sechs Monate lang spüren lassen, was sie ihm angetan hatte. Die Sache mit dem Notizbuch war Mist. Der Lottogewinn hatte Mama nur auf dumme Gedanken gebracht. Jetzt musste sie sich wieder etwas einfallen lassen, damit Mamas spontane Entscheidung rückgängig gemacht werden würde. Zwei komplette Unterrichtsstunden zogen spurlos an ihr vorüber, während sie damit beschäftigt war, einen absolut hundertprozentig sicheren Plan garantiert ohne Nebenwirkungen auszubrüten. Alles Grübeln half nichts, sie schrieb schließlich: »Alle akzeptablen Sprachschulen sind in den Sommerferien voll ausgebucht. Keine Schule hat einen Platz für eine Woche frei«, und hoffte, dass sich das Thema damit erledigt hatte. Das würde der Jahrhundertsommer der Sprachschulen werden, so viel war sicher. Und weil sie sich aus ihrem schlechten Gewissen heraus verpflichtet fühlte, auch noch eine wirklich gute Tat zu vollbringen, schrieb sie sämtlichen Bettlern in ihrer Stadt einen außergewöhnlich einträglichen Tag in ihr Notizbuch, vorsichtshalber, ohne sich auf einen Betrag festzusetzen.

Der Montag war überhaupt ein böser Absturz nach dem schönen Wochenende. Gleich auf dem Weg zum Klassenzimmer lief sie den Strichmädchen in die Arme. Eine Art Falle, sie hatte keine Chance, den beiden auszuweichen, die sich links und rechts neben der Eingangstür platziert hatten.

»Hi Lenilein, was machst du am Samstag? Bei mir steigt wieder 'ne Party, total endgeil. Bist eingeladen.«

Dazu musste man wissen, dass Eva-Marias Partys berühmt waren. So berühmt, dass sich alle darum rissen, eingeladen zu werden. Warum derart beknackte Eltern wie Evas so etwas erlaubten? Wusste Lena auch nicht. Vielleicht, weil sie nicht wollten, dass das edle Töchterlein in zwielichtigen Zappelbuden abhing. Jedenfalls rankten sich viele Gerüchte darum. Voll ausgestatteter Partykeller mit separatem Zugang, coole Musik, manchmal sogar von richtigen DJs, hippe Jungs und Mädels. Lena zögerte. So eine Party wäre ja schon toll, gestand sie sich ein. Endlich wäre sie mal dabei. Nicht mehr die Neue, die man einfach übersah. Sie würde dazugehören. Außerdem wäre es ihre erste richtige Party, keine Geburtstags- oder Übernachtungsparty oder so. Sondern ausgehen, am Samstagabend. Wenn sie Glück hatte, würde ihre Mutter es sogar erlauben. Trotzdem bekam sie beim Partythema ein todsicher schlechtes Bauchgefühl. Mit Eva und ihrem Armleuchter von Bruder wollte sie doch eigentlich nichts mehr zu tun haben.

»Och, nee, ich weiß nicht«, stammelte sie. So früh am Morgen, am Montagmorgen!, vor so eine Entscheidung gestellt werden, das war doch ein bisschen viel. Sie stellte erst einmal vorsichtig ihren Rucksack ab.

»Los, komm schon, sei nicht so 'ne Transuse. Und du würdest jemanden sehr glücklich machen . . .« Anna-Sophia kicherte albern. Ja, wirklich mal wieder sehr lustig. Sie fragte sich, was die beiden eigentlich von ihr wollten. Vermutlich hatte sie einfach ihren Ehrgeiz geweckt, einen besonders hartnäckigen Fall zur Partyqueen zu machen.

»Ich glaub, ich muss erst mal meine Mutter fragen. Kann ich euch morgen Bescheid geben?«, versuchte sie, Zeit zu schinden.

»Mann, das ist deine einzige Chance. Wenn du jetzt nicht Ja sagst, dann ist der Zug für dich abgefahren, verstanden? Willst du den Rest deines Lebens zu Hause versauern?«

Das wollte Lena natürlich nicht. »Ich überleg's mir. Aber jetzt muss ich mal rein«, nuschelte sie deshalb, drehte sich um und ließ sich mit dem restlichen Schülerpulk in das Klassenzimmer schieben.

Sie beschloss, das Thema in der Kirche noch einmal zu durchleuchten und von allen Seiten zu betrachten. Einfach nachgeben, hingehen, die eigene Neugier befriedigen und vielleicht sogar in eine coole Clique zu kommen, die Aussicht war auch nicht so schlecht. Mal ehrlich, was sollte denn schon passieren, außer dass sie vielleicht wirklich Spaß haben würde?

Stunden später packte sie in der Kirche ihre Sachen

zusammen. Es war ein völlig vergeblicher Nachmittag gewesen. Weder war sie bei ihren Partygedanken weitergekommen noch hatte sie die mitgebrachten Vokabelkärtchen durchgearbeitet. Mist. Nicht mal Hannah war hier und teilte ihr Elend. Überhaupt hatte sie die heute noch gar nicht gesehen. Zum Spanischlernen wäre sie wirklich grandios gewesen. Jedenfalls war es schon superspät, als sie endlich frustriert aufgab und auf die Uhr schaute. Vielleicht sollte sie mit ihrem Buch in die Lehrpläne eingreifen, das wäre ja wohl möglich, oder? Oh, aber bestimmt nur wieder mit unüberschaubaren Konsequenzen. Reihenweise würden die Schüler durch das Zentralabi rasseln, wenn sie das nicht ebenfalls änderte, und dann wären die Folgen für viele Studiengänge und Ausbildungen unüberschaubar und sie würde auch da eingreifen müssen. Aber wie sollte man in etwas eingreifen, wenn man keinen blassen Schimmer davon hatte. Vergiss es, Lena, dachte sie, du bist nicht die richtige Besitzerin für das Buch. Es gehörte in die Hände eines innovativen Helden, eines Genies, der auf einen Streich sämtliche Änderungen absehen konnte, die ein winziger Satz nach sich ziehen würde. Einer oder eine, der mit der Treffsicherheit des Schützenkönigs von Kleinbollerhausen Schwachstellen erkennen und sie wegschreiben konnte, ohne für alle Zeiten einen fürchterlichen Schlamassel anzurichten. Sie war eine Versagerin, die die große Chance nicht nutzte, die sich ihr bot. Nicht mal an die Lehrpläne traute sie sich ran, obwohl die seit Jahren reformiert werden sollten. Plötzliches Klappern riss sie aus ihrem Lamentieren. Sie ließ ihre Sachen liegen, eilte zum Abstellraum und sah Hannah mit Leiter, Eimer und einem langen Stiel hantieren.

»Was hast du denn vor?«, fragte sie und half unaufgefordert, die sperrigen Gegenstände durch die kleine Tür zu bugsieren.

»Hallo, hab dich gar nicht bemerkt. Will Fenster putzen.«

»Diese Fenster hier? Die sind doch ewig hoch? Das müssen Profis machen.«

»Nur so weit, wie ich hochkomme.«

Na toll, dabei hatte Lena doch gerade gehen wollen! Aber Hannah jetzt einfach hier mit dieser Riesenleiter herumturnen lassen, das konnte sie auch nicht. Das war sicher unheimlich gefährlich. »Soll ich dir helfen?«

»Tust du doch schon.«

Also, diese Hannah! Lena schüttelte den Kopf. Sie half, die Leiter auszufahren und am ersten Fenster aufzustellen.»Meinst du wirklich, dass das eine gute Idee ist?«

»Hab ich schon mal gemacht, geht klar«, beruhigte Hannah sie und kletterte wieselflink die Sprossen hoch. Einhändig, weil sie den langstieligen Fensterputzer in der anderen Hand hatte. Also verbrachte Lena die nächste halbe Stunde damit, Hannah von Fenster zu Fenster zu helfen und die Leiter festzuhalten, wenn sie dort oben in schwindelerregender Höhe mit ihrem Wischer herummanövrierte. Ein tief grollendes Knurren unterbrach ihre einträchtige Arbeit.

»Komm mal schnell runter, Hannah«, rief sie, »ich muss nach Goethe schauen, da draußen ist irgendwas los!«

Hannah beendete ihre Putzerei. »War sowieso das Vorletzte. Wir sind gleich fertig.«

Lena hastete zu der kleinen Nebentür und steckte den Kopf hinaus. Und zog ihn schnell wieder zurück. Da kniete doch glatt Paul, die Affenkacke, bei Goethe und versuchte, sich bei ihm einzuschleimen. Hilfe, um nichts in der Welt wollte sie dem in die Arme laufen und sich doofe Anmachsprüche abholen! Goethe hatte sein Knurren eingestellt und beschnupperte vorsichtig die Hand, die Paul ihm hingestreckt hatte. »Hannah«, flüsterte sie aufgeregt, »Hannah, könntest du mir einen riesigen Gefallen tun? Da draußen ist der einzige Typ der Welt, dem ich auf keinen Fall begegnen möchte. Wahrscheinlich kommt er gleich hier rein, und wenn er nach mir fragt, ich bin NICHT da. Goethe ist mit dir unterwegs, ja? Bitte verrat mich nicht! Ich bin in der Sakristei. Mist, mein Kram noch.« Schnell lief sie zu ihrem Stammplatz, schnappte ihre Tasche und hetzte zur Sakristei. In letzter Sekunde, denn kaum hatte sie die Tür hinter sich geschlossen und ihr Ohr daran gelegt, um zu lauschen, hörte sie auch schon Pauls Stimme.

»He, du. Wo ist denn diese Lena?«

»Nicht da«, keuchte Hannah kurz angebunden, weil sie eben versuchte, die Leiter zum letzten Fenster zu schieben.

»Erzähl das deiner Großmutter. Der Köter ist da.«

»Klar«, stöhnte Hannah unter der Last der Leiter, »ich hab ihn heute mitgenommen, Lena muss noch lernen.« Nervös lauschte Lena auf die Geräusche von außerhalb der Kammer. Immer wieder Hannahs Keuchen, Schritte, schleifende Geräusche, die zeigten, dass sie mit der Leiter kämpfte, sonst hörte sie nichts. Der ungehobelte Kerl schien ihr jedenfalls nicht zu helfen. Sie wartete noch eine Weile, bis sie das dumpfe Klacken des Hauptportals hörte, dann lugte sie durch die Tür. Nichts, kein Laut. Sie öffnete ein wenig weiter und konnte Hannah sehen, die mit dem letzten Fenster beschäftigt war. Kein Paul. Himmel, das war knapp gewesen. Da konnte sie auch schon von draußen hören, wie Paul versuchte, seinen Roller zu starten. Dreimal machte es »gulp«, dann endlich sprang der Motor an, heulte auf und knatterte jaulend, bis das Geräusch langsam immer weniger wurde und schließlich ganz verschwand. Endlich, jetzt konnte sie sich wieder hinauswagen. Kaum dass sie die Sakristei verlassen hatte, hörte sie ein schwaches Quieken aus Hannahs Richtung, sah, wie sich die Leiter langsam zur Seite neigte, Hannah hilflos auf einer der obersten Stufen klemmte, legte den Spurt des Jahrhunderts hin und schaffte es gerade noch, Hannah vor dem endgültigen Kippen aufzufangen und die wackelige Konstruktion wieder geradezuschieben.

»Hey, du machst aber Sachen. Kannst du nicht warten, bis ich wieder hier bin?«, schimpfte Lena. Vor Schreck und von dem schnellen Sprint sprang ihr fast das Herz aus der Brust.

»Ach, ich wollte halt fertig werden. Danke, das war knapp.« Hannah kletterte von ihrem Hochstand herab und betrachtete hingerissen ihr Werk. »Schau doch mal, wie sie jetzt wieder leuchten. Wie neu, dabei sind sie mindestens dreihundert Jahre alt, die Fenster.«

»Ich finde trotzdem, dass die Schinderei Profis machen sollten. Aber komm jetzt, lass uns einräumen, ich muss endlich Goethe befreien und nach Hause. Wenn du Lust hast, dann kannst du mich ja noch eine Runde Vokabeln abfragen, ja? Ich geb auch ein Eis aus.«

Und Goethe bekommt auch eines, als Entschädigung fürs lange Warten, nahm sich Lena vor. Er würde schrecklich sabbern von dem vielen Zucker und Lena würde den gesamten Küchenboden wischen müssen, doch was sollte sie machen? Er liebte Eis nun mal über alles.

Abends fragte sie Lilli beim Chatten um Rat.

Lena: Würdest du gehen?

Lilli: Na, so ne fette Party und wenn alle davon schwärmen – also, ich würd mir das schon mal ansehen. Wenn ich aber wählen müsste zwischen Stall oder Party, dann würde ich den Stall vorziehen.

Lena: Ja, mich plagt auch die Neugier. Aber wenn ich diesen Typen von Paul schon sehe, krieg ich zurzeit echt die Krätze.

Lilli: Dann lässt du's eben bleiben und gehst einfach das nächste Mal.

Lena: Ist meine absolut erste und einzige Chance, hat sie gesagt.

Lilli: Quatsch, das ist wie bei den Sonderangeboten, die kommen immer wieder.

Lena: Manche zahlen sogar, um auf die Partys zu kommen.

Lilli: Spinnen die oder was? Bekommen eindeutig zu viel Taschengeld. Da fällt mir ein, könntest du da nicht was machen? Bosco braucht mal wieder Leckerli und ich bin blank wie ein frisch geputzter Reitstiefel.

Lena: Generelle Erhöhung oder einmaliger Zuschuss?

Lilli: Eher generell, bringt langfristig mehr, man muss ja sehen, wo man bleibt, oder?

Lena: Geht klar.

Lilli: Bist ein Engel. Muss jetzt los, ich wünsch dir was . . .

Lena: Ebenso, aber bei mir klappt's wenigstens ☺.

Lilli: Ich lach dann später.

KAPITEL 12

Na, das ist ja 'ne Überraschung, dass du am Samstag doch kommen wirst«, begrüßte Eva-Maria sie am nächsten Tag.

Ach ja? Lena war ebenfalls überrascht. »Wer sagt denn so was?«, murrte sie. Jetzt hatte sie gleich noch weniger Lust auf die verdammte Party.

»Paul-Adrian sagt das. Er meint, er hätte ein gutes Argument dafür, dass du dich blicken lässt, obwohl ich echt nicht verstehen kann, wieso er ausgerechnet dich auf der Party haben will. Ehrlich, da kommen Mädels, dagegen bist du so uninteressant wie Schneiders Chemielexikon. Aber irgendwie hat er einen Narren an dir gefressen, na ja, Leonie hat ja jetzt ihren Max, da bist du wohl seine nächste große Liebe.« Sie kicherte gehässig. Ganz klar, so richtig konnte sie ihren Bruder in dieser Hinsicht nicht verstehen.

Mit funkelnden Augen richtete sich Lena auf. In diesem Moment stand ihr Entschluss fest: »Selten so etwas Beknacktes gehört. Ich komme nicht, sag das deinem Bruder.«

»Wie du meinst«, zuckte Eva-Maria die Schultern. Wie egal ihr Lenas Entscheidung war, zeigte sie ihr, indem sie sich sofort umdrehte und sich ihrem Hofstaat widmete. Fehlte nur noch, dass sie das Autogrammheftchen zückte, dachte Lena. Allein, dass sich Paul, das größte A. des Universums, die Frechheit herausnahm, ihr durch Eva-Maria zu verstehen zu geben, dass er irgendeine fiese Nummer vorhatte, war ein Grund, laut zu schreien. Und immer wieder diese bescheuert unwichtige Party!

Dass die doch nicht so unwichtig war, wie sie es sich wünschte, zeigte sich nach der Schule. Paul hatte mit immerhin dem vierten Versuch seinen Roller zum Laufen gebracht und tuckerte nun neben Lena her. Sie wünschte sich ihr Notizbuch, und zwar schnell. Jetzt sofort. Dann hätte sie Paul, diesem Angeber-Depp, schneller einen Platten herbeigeschrieben, als er »Theo« sagen konnte. Sie hatte nur leider keine Ahnung, wo es war, das verflixte Buch. Heute früh war sie fast zu spät zur Schule gekommen, weil sie ewig danach gesucht hatte. Jetzt steckte der Stift zwar sicher in ihrem Rucksack, doch der allein nutzte ihr so viel wie eine 3-D-Brille in einem 2-D-Kinofilm. Na ja, sie hatte schon eine leise Befürchtung, wo das Buch sein konnte. Immerhin hatte sie gestern in der Kirche ihre Sachen ein wenig überstürzt eingepackt. Möglich, dass das Buch aus ihrem Rucksack gerutscht war oder sie es einfach vergessen hatte. Und genau das wollte sie jetzt so schnell wie möglich überprüfen. Ohne Paul, den Algengrützigen, an ihrer Seite natürlich. Der wiederum lag ihr wegen dieser Party in den Ohren. Die hing ihr ja schon zum Hals heraus, bevor sie auch nur angefangen hatte. Sie schaltete auf Durchzug, versuchte, das Gefühl der Panik zu unterdrücken, das der knatternde Motorroller an ihrer Seite in ihr hervorrief, und schaute stier geradeaus. Ignorier ihn, Lena, dachte sie, einfach ignorieren. Weitergehen, nichts sagen, er wird schon irgendwann aufgeben. Sein Gequatsche machte nämlich wenig Sinn. Zum Reden war der Roller einfach zu laut. Das schien ihm endlich auch aufzufallen. Als alle seine Versuche, irgendeine Reaktion von Lena zu ernten, nicht fruchteten, schrie er schließlich: »Ich hab was, was du gerne zurückhättest!«, dann gab er Gas, sodass sein Roller eine stinkende Qualmwolke ausstieß, und winkte mit einer Hand, die etwas festhielt. Er war schon zu weit entfernt, als dass sie Genaueres erkennen konnte, doch es konnte etwas Hellblaues gewesen sein. Etwas Kleines, Flaches, Hellblaues – um Himmels willen! Er war gestern in der Kirche gewesen, hatte nach ihr gesucht – und vielleicht statt Lena das Buch gefunden. Konnte das sein? Das wäre der Weltuntergang! Garantiert. Ihr persönlicher Super-GAU und, ja, es passte zu ihm. Und es passte zu Eva-Marias komischen Äußerungen. Es war logisch und – noch schlimmer – es war möglich. Sie beschleunigte ihre Schritte. Schnell gehen, schneller gehen, laufen, rennen, doch lieber mit der U-Bahn, dann wäre sie einige Minuten früher an der Kirche, wenn sie gleich die richtige Bahn erwischte. Schnell, Lena, verschaff dir Klarheit. Nichts ist schlimmer, als im Ungewissen herumstochern.

Sie hatte Glück, eine U-Bahn beförderte sie fast nahtlos, ohne Unterbrechung weiter, die letzten drei Straßenzüge rannte sie und holte alles aus ihrer Kondition heraus. Sie jagte durch die Pforte, zum Seiteneingang der Kirche, stieß die Tür auf, stürzte zu ihrem Lieblingsplatz – nichts. Kein Buch. Sie stolperte zwischen den Sitzbänken hindurch zu Pfarrer Herings kleinem Kabuff, in dem er allerhand nutzloses Zeug, aber auch die Fundstücke aufbewahrte. Die Kiste für Vergessenes stand in einer Ecke, Staub und alte Lappen lagen obendrauf, nichts deutete darauf hin, dass sie erst gestern gefüllt worden war. Trotzdem riss Lena den Deckel auf, wühlte sich durch Mützen, Handschuhe, Gesangsbücher und – unglaublich, was die Leute mit in die Kirche nahmen, um es dort liegen zu lassen. Aber sie fand kein himmelblaues Notizbuch. Vielleicht beim Pfarrer selbst, sie musste ihn unbedingt fragen. Mit mühsam unterdrückter Ungeduld schaffte sie es, die Kiste wieder ordentlich zu verschließen, bevor sie aus dem Kabuff stürzte und fast mit Hannah zusammenstieß.

»Dachte schon an Einbrecher«, stieß Hannah hervor, als sie sich beide von ihrem Schrecken erholt hatten.

»Nix Einbrecher, hast du heute vielleicht ein kleines Notizbuch gefunden? Himmelblau mit Blumen? Gold?« Lena hatte keine Zeit für eine anständige Begrüßung, sie musste sich ja schon beherrschen, um Hannah nicht an den Schultern zu schütteln, so dringend suchte sie nach ihrem Buch. Das wäre keine gute Fortsetzung ihrer jungen Freundschaft gewesen, aber ehrlich, die interessierte sie jetzt nicht so sehr. Wirklich wichtig war nur das Eine. Hannah grübelte. Viel zu lange grübelte sie. Es konnte doch nicht schwer sein, sich an so ein auffälliges Buch zu erinnern.

»Neeee«, meinte sie schließlich gedehnt. Noch immer arbeitete es in ihrem Kopf, das sah man. »Aber gestern war doch dieser Typ hier, der mit dem kaputten Roller. Der, der nach dir gesucht hat. Ich glaube, er lief mit so etwas herum.«

»Bist du dir sicher? Sag schon, war es ein himmelblaues Buch? Mit Blumen und Goldrand? Mensch, Hannah, das ist megawichtig, der Typ versucht, mich damit zu erpressen, der ist voll der Widerling!«

»Dann war's deines. Ich hab ja hier noch die Fenster . . .«

»Sauber gemacht, ich weiß. Und dann hat Paul mein Buch gefunden? Himmel, warum konntest du es nicht an dich nehmen? Verdammter, verfluchter Mist!«

»He, du bist in einer Kirche. Ich hab's nicht genau gesehen. Ist das dein Tagebuch oder so? Das schleppt man doch nicht so mit sich rum, sondern versteckt es, wo es sicher ist.«

»Es ist kein Tagebuch«, erklärte Lena mit resignierter Stimme. »Es ist mehr . . . kann ich dir leider nicht erklären, es ist nur echt enorm wichtig, dass ich es zurückbekomme«.

»Was will er denn von dir?«

»Ich soll auf die bekloppte Party seiner Schwester gehen. Eva-Maria.«

»Na, dann mach's doch.«

Lenas Blick war vernichtend. »Das verstehst du nicht.«

Hannahs Blick war beleidigt. »Ich finde nur, es gibt Schlimmeres, als zu einer Party eingeladen zu werden. Und Eva-Maria ist wer? Seine dämliche Schwester? Ist doch schnurzegal!«

»Das war die mit den angesengten Haaren und ihr Bruder, der will was von mir. Seit ich ihn beim Knacken des Zigarettenautomaten erwischt habe und, na ja, seine Schwester meint, seit seine Auserwählte mit einem anderen geht. Jetzt hängt er irgendwie an mir dran, aber ich find ihn voll daneben.«

«Oh, hm«, machte Hannah, was Lena nicht wirklich weiterhalf.

»Damals, als ich Eva-Maria kurz besucht habe, also das Haus, die Familie, echt gruselig. Da will ich nie mehr hin und Evas Freundinnen sind auch nicht der Hammer. Goethe mag ihn auch nicht, das sagt doch schon alles, oder? Was soll ich dann auf der Party?«

»Hm«, machte Hannah wieder.

»Mehr hast du nicht zu sagen? Hast du vielleicht eine Idee, wie ich mein Buch zurückbekommen kann, ohne auf diese Party zu gehen?«

»Nee, aber hast du nicht jemanden, der mitgehen kann? Als Beistand sozusagen?«

Lena guckte sie groß an. Das war ja die Lösung! Nur, wer kam infrage? Natürlich dachte sie sofort an Lilli. Es war wirklich dringend nötig, dass die mal wieder am Wochenende bei ihr übernachtete. Aber jetzt, so kurz vor dem Turnier, wollte sie jede freie Minute mit ihrem Bosco verbringen. Keine Chance. Tja, da blieb nur eine Möglichkeit: Hannah.

»Also, ich wüsste nur eine, die mitgehen könnte, und das bist du!«

»Ich? Was soll ich denn auf einer Party von wildfremden Menschen. Ich kenn da doch erst recht keinen, wenn sie mich überhaupt reinlassen.«

»Ach, wenn ich dich einfach mitbringe, was sollen sie schon machen?«

»Also, ich weiß nicht und ich weiß auch nicht, ob meine Mutter es erlaubt.«

Lena überlegte laut: »Also, meine Mutter ist nicht so streng, und da es in der gleichen Straße ist, wird sie es mir nicht verbieten. Außer, wenn ich sie drum bitte.«

Hannah lachte säuerlich. »Du bist sicher das erste Mädel überhaupt, das hofft, nicht auf eine Party zu dürfen. Keine Ahnung, ob ich will oder ob ich darf. Müsste halt mal fragen. Wenn es dir so wichtig ist?«

»Lass uns später noch mal reden, ich muss mit Goethe raus, kommst du mit?«, lenkte Lena ab.

»Nervt dich das nicht, jeden Tag dreimal mit dem

Hund raus und dann noch füttern und Tierarzt und so? Der ist ja der totale Zeitfresser.«

»Fernseher und Computer sind auch Zeitfresser. Und die leben nicht. Ich würde Goethe nie, nie, nie ins Tierheim geben!«, verteidigte Lena ihren Liebling. Und als er sie rasend vor Freude zu Hause begrüßte, wusste sie, dass sie recht hatte. Auch wenn er schon wieder in der Küche nach seinem Futter gesucht hatte, der blöde Hund, der. Das war hier doch kein Selbstbedienungsladen! Jetzt mussten er und Hannah eben warten, bis sie den Schrank wieder eingeräumt und die Sauerei beseitigt hatte.

Eigentlich hatte sie befürchtet, während ihres Spaziergangs Paul, den Allgegenwärtigen, mit Theo zu treffen. Deshalb war es auch ein gutes Gefühl, dass Hannah sie begleitet hatte, und noch besser war es, dass sie niemandem begegnet waren, der ihnen Ärger hätte machen können. Fast war es gewesen wie mit Lilli. Sie hatten sich einen schönen alten Baum gesucht und darunter gesessen, während Goethe tat, was ein Hund tun musste: schnuppern, spielen und pieseln. Seine großen Geschäfte erledigte er nach wie vor brav in die Straßengullis. Lena hatte versucht, Hannah noch ein wenig wegen der Party zu bearbeiten, doch schließlich eingesehen, dass übermäßiges Drängeln und Jammern nur das Gegenteil bewirkten. Hannah konnte ja auch nicht verstehen, wie wichtig es für Lena, nein, für die ganze Welt! war, das Buch zurückzubekommen.

Aber zu früh gefreut, es gab kein Entkommen vor Paul, dem schleimigsten Aal der ganzen Stadt. Er lehnte lässig am Eingang ihres Vorgartens, die Hände tief in die Hosentaschen gebohrt, so bemüht locker, dass es kaum zum Aushalten war. Könnte ihm vielleicht mal jemand sagen, dass er dieses relaxte Anlehnen gar nicht gut draufhatte? Lena beschloss, ihn wieder zu ignorieren. Hannah machte dasselbe, die Gute. Immerhin hatte sie sofort erkannt, um wen es sich hier handelte. Aber als Lena durch das Tor gehen wollte, schnappte er nach ihrem Ärmel und hielt sie zurück. Das war unfair, vor allem weil Hannah und Goethe schon voraus und fast im Treppenhaus waren und ihr deshalb nicht helfen konnten und weil sie im Leben nicht damit gerechnet hätte, dass er seine Hände jemals wieder aus den Taschen herausbekommen würde, so tief hatten die da dringesteckt.

»He, mal nicht so schnell. Hast du meine Botschaft nicht kapiert?«

»Klar, hab ich. Interessiert mich aber nicht.«

»Willst du dein Buch nicht wiederhaben? Steckt voller interessanter Infos, meine ich, sollte nicht in die falschen Hände geraten, oder? Man könnte glatt glauben, dass du versuchst, ein paar Dinge zu beeinflussen.«

Lena schluckte. Dass er das Geheimnis des Büchleins so schnell durchschaute, hatte sie ihm gar nicht zugetraut. Um nichts in der Welt durfte er noch mehr herausfinden.

»Das ist doch lächerlich. Ein Tagebuch eben. Und du bist ein gemeiner, gewöhnlicher Dieb, wenn du es mir nicht zurückgibst.«

»Komm am Samstag auf die Party, dann kriegst du deinen Schatz zurück!«

Er stieß sich von seinem Anlehnpfosten ab und schlenderte davon, ganz der überlegene Siegertyp. Hannah stand noch in der Haustür und wartete. »Alles klar? Der Typ ist ja echt nervig. Ich hab zwar auch keine Lust, aber ich kann verstehen, dass du da nicht alleine hinmöchtest. Komm, wir fragen gleich meine Mutter, ob ich am Samstag mitkann.«

Wow, Hannah zeigte Initiative. Das war so ungewöhnlich, dass Lena Goethe keine Beachtung schenkte, der oben vor der Tür winselte, sondern Hannah direkt in ihre Wohnung folgte. »Mama?«, rief Hannah vorsichtig, noch immer nicht sicher, in welchem Zustand sie ihre Mutter antreffen würde. Doch die Frau, die jetzt in den Flur trat, hatte mit der versoffenen, verkommenen Gestalt von vor ein paar Tagen nicht mehr viel zu tun. War das etwa Lippenstift, was da an ihrem Mund glänzte? Und trug sie tatsächlich eine weite transparente Tunika mit Spitzentop drunter, in der sie wie ein junges Mädchen aussah? Lena blinzelte.

»Tag Lena«, begrüßte sie eine völlig normale Stimme. Na ja, wenn man ganz genau hinhörte, war sie ein wenig kratzig. Und wenn man ganz genau hinschaute, bemerkte man, dass Frau Zickert Lena eben nicht exakt in die Augen sah, sondern irgendwie durch sie hindurch. Tiefe Falten zogen und zerrten an ihren Mundwinkeln, und wenn sie auf die nicht aufpassen würde, dann hätte sie bald dauerhaft einen mürrischen Zug im Gesicht. Und sie begrüßte Hannah nicht herzlich und ungezwungen, sondern schenkte ihr nur ein flüchtiges, abwesendes Lächeln. Aber sie bemühte sich, das konnte man sehen. Und sie kam aus der Küche. Das war ein gutes Zeichen, denn Küche bedeutete entweder, sich um Essen kümmern oder aufräumen, und beides wertete Lena als großen Fortschritt. Sie wusste von Hannah, dass Frau Zickert sich in ihren schlechten Zeiten um Kochen und Putzen einen Teufel geschert hatte.

»Tag Frau Zickert«, antwortete Lena hingerissen, mit einem Hauch des Staunens in ihrer Stimme, das sie empfand.

Die Sache mit Samstag war schnell geklärt. Frau Zickert stimmte auf ihre distanzierte Weise zu, dass Hannah auf diese Party ging. Die Frage und die Entscheidung darüber überforderten sie eindeutig. Ihre Augen flackerten nervös, und als sie ihr »Ja, natürlich« gemurmelt hatte, verschwand sie erleichtert wieder in der Küche. Lena konnte zum ersten Mal einen Hauch davon spüren, wie schwierig das Zusammenleben mit einem gebrochenen Menschen wie Frau Zickert war. Wie schwierig vor allem für die Tochter, die ja am allerwenigsten dafür konnte, was mit ihrer Familie passiert war.

»Ich geh noch mit Lena hoch«, rief Hannah ihr nach, ohne Lena vorher gefragt zu haben, doch das war schon in Ordnung. Eine Antwort aus der Küche erhielt sie allerdings nicht.

KAPITEL 13

Wie schnell man sich an angenehme Dinge gewöhnen konnte, merkte Lena in den nächsten Tagen, wenn sie kurz daran dachte, eine Notiz in ihr Büchlein zu machen, und einfach vergaß, dass es nicht in ihren, sondern in falschen Händen war. Aus Verzweiflung hatte sie tatsächlich versucht, nur mit dem himmelblauen Stift Dinge herbeizuschreiben, natürlich vergebens. Also verbrachte sie die Woche damit, dem Samstag entgegenzufiebern, natürlich nicht, ohne Lilli um Beistand zu bitten.

Lena: Wünsch mir Glück und halt mir sämtliche Daumen, ja?

Lilli: Du Ärmste. Geh einfach hin, hol dir dein Buch und verschwinde wieder. Und Hannah soll auf dich aufpassen, sag ihr das, ich verlass mich auf sie.

Lena: Jammer, jammer, ich bin so aufgeregt.

Lilli: Versteh ich. Und ich hoffe, dass du dein Buch zurückbekommst.

Lena: Ja, hätte schon noch was reinzuschreiben.

Lilli: Ich auch, eine lange Liste.

Lena: Du Ego.

Lilli: Nicht nur für mich natürlich! Halt die Ohren steif.

Die Erleichterung, dass Hannah mit ihr zur Party gehen durfte, war groß. So kam es, dass sie Samstagabend die Straße hinunterging, mit Hannah im Schlepptau, einem flattrig-nervösen Gefühl in der Brust und schon jetzt einer gehörigen Wut im Bauch. Wut auf das aufgeblasene Geschwisterpaar, Wut, dass sie sich hatte erpressen lassen, Wut, weil sie so blöd gewesen war, ihr Notizbuch in der Kirche liegen zu lassen. Grrr. Sie knirschte mit den Zähnen. Paul, der Aasgeier, hatte Glück, dass nicht er die Tür öffnete, sondern tatsächlich das Hausmädchen in seinen komischen Klamotten. Mit stoischem Gesichtsausdruck winkte sie zu einer Treppe, die nach unten in den Keller führte. Was hieß da Keller. Hobby- und Erlebnislandschaft, Schwimmbad und Sauna, Fitnessbereich mit Entspannungslounge. Das war also der Ort, an dem die legendären Brechstein-Partys stattfanden. Hier konnten getrost fünf vierköpfige Familien einziehen und sich mindestens drei Wochen nicht begegnen, so verwirrend weitläufig war die Unterwelt unter dem Anwesen. Hannah klammerte sich an Lena wie ein Äffchen an seine Mama. Lena klammerte zurück. Sie fühlte sich trotz ihrer ungeheueren Wut einfach nicht stark genug für diese Sache. Gemeinsam betraten sie einen schummrigen Raum mit Discokugel, bunten Scheinwerfern und hämmernder Musik. Bis auf ein paar Sitzkissen und Sofas, die an den Wänden standen, war der Raum fast leer. Waren sie zu früh? Von Eva, ihrer eigentlichen Gastgeberin, keine Spur.

»Sind wir hier richtig?«, flüsterte Hannah Lena zu und klammerte sich noch fester an sie. »Oder hast du dich im Haus geirrt?«

»Nee, das stimmt schon, vielleicht sind wir ein bisschen früh dran oder so.«

Der Kerl, der hinter einem Tresen stand und wohl der DJ sein sollte, brüllte in den Lautsprecher: »Die sind noch oben, kommen gleich, holt euch schon mal was zu trinken.«

Gute Idee, dachte Lena, nur wo? Sie schaute sich suchend um, bis der Kerl wieder brüllte: »Drüben im Fitnessraum!«

Während sie die Bestände an Getränken nach etwas Alkoholfreiem durchsahen, tröpfelten nach und nach andere Gäste ein. Eva-Maria war noch immer nicht aufgetaucht. Lena entdeckte Celine aus ihrer Klasse und fragte vorsichtig, wie es denn jetzt weitergehen würde. Celine lachte. »Zum ersten Mal hier, was?« Ihre großen Zähne leuchteten im Schwarzlicht, was ihr das Aussehen eines Vampirs verschaffte. »Eva kommt immer ganz spät, dann hat sie ihren großen Auftritt, huldigt der Menge, tanzt ab und geht wieder. Wir müssen uns nicht um sie kümmern, einfach Spaß haben und fertig. Mann, ich wünschte, meine Eltern wären auch so locker wie die hier.«

Ja, wünsch du mal, dachte Lena, wenn du wüsstest. Die sind so locker wie der Krawattenknoten des Außenministers.

»Ach nee«, heuchelte sie Erstaunen, »alles voll entspannt oder was?«

»Genau«, lachte Celine zurück und zuckte im Rhythmus der Musik davon.

»Gefällt's dir?«, fragte sie Hannah, die jetzt zwei Dinge zum Klammern hatte: Lenas Ärmel in der einen Hand, eine Colaflasche in der anderen.

»Nee, langweilig«, urteilte sie.

»Die Frage ist nur, wie ich an mein Buch komme, wenn Paul nicht endlich auftaucht.«

Als hätte er seinen Namen gehört, erschien Paul, der Welt größtes A., auf der Bildfläche. Hier mal Fünf gegeben, hier ein gnädiges Grüßen, dort ein Nicken und – also, der hatte sie ja nicht alle, das sollte er mal bei Lena wagen – mindestens zwei Mädels kräftig auf den Po geklatscht. Langsam steuerte er auf sie zu, ein krokodilähnliches Grinsen im Gesicht. Paul, der Alligator, dachte Lena und machte sich auf das Schlimmste gefasst.

»Na, Süße, willkommen in der geilsten Partylocation in town. Hier brennt die Luft, was?«

Böah, war der schmalzig. Lena schüttelte sich mit besonders heftiger Gänsehaut. »Ich bin da, jetzt rück mein Buch raus, ja? Dann können Hannah und ich wieder gehen.«

»So, Hannah und du, ihr wollt wieder gehen. Hast wohl Verstärkung mitgebracht?« Seine Augen glitten prüfend über Hannah, doch sein Blick war vernichtend. Hannah war durchgefallen, obwohl sie sich ziemlich Mühe gegeben hatte heute Abend, die Liebe. Gott sei Dank gefiel sie ihm nicht!

»Und wer bitte ist Hannah?«

»Meine Freundin.« Genau, Hannah war Lenas Freundin, man konnte sogar sagen »Fast-beste-Freundin außer Lilli«, denn dass sie ein solches Opfer auf sich nahm und zu so einer Party mitkam, das machte sie so gut wie zur besten Freundin.

»So, deine Freundin. Die bleibt mal schön hier und amüsiert sich und wir zwei gehen nach oben und sehen nach diesem interessanten Buch.« Oh, wenn der nicht sofort diesen schauderhaften Onkelton einstellte, dann müsste ihm Lena doch noch ans Schienbein treten.

»Hannah geht mit«, stellte Lena fest. Um nichts in der Welt würde sie mit Paul, dem größten Angeber in town, alleine durch das Haus wandeln. Schon gar nicht, wenn er dieses selbstsichere Grinsen im Gesicht hatte.

»Buch oder nicht?«, fragte Paul, wieder in diesem Onkelton, als wäre sie ein kleines Mädchen, das . . . Meine Güte, er klang, als würde er zu einem kleinen Mädchen sprechen, dem er eine Tafel Schokolade dafür versprochen hatte, dass sie ihm brav ein Küsschen gab. Das war ja widerlich. Sie verzog das Gesicht, wild entschlossen, ihm weder Küsschen zu geben noch sonst etwas.

»Das ist Erpressung.«

»Na ja, du bist ja immerhin hier, funktioniert also. Wenn du auch diese ... Absturztorte mitgebracht hast, das gibt Punktabzug.« Wie konnte er es wagen! Sie spürte, wie Hannah neben ihr steif geworden war. Dabei sah Hannah überhaupt nicht so unmöglich aus, wie er tat, sie war nur ein bisschen jünger, genau!, und sie selbst war ja auch jünger! Die Wut, die sich über eine Woche hatte ansammeln können, schwappte endlich über.

»Wie kannst du es wagen, du widerliche Arschmade, du Abschaum, du abartiger Wichtigtuer, du ...«, ging sie auf ihn los.

»Es reicht.« Wieder der Onkelton. Er riss sie einfach am Arm mit sich. Widerspruch zwecklos. Sie tröstete sich damit, dass sie in einem ehrenwerten Haus mit mindestens dreißig anderen Leuten war und ihr deshalb nichts passieren konnte. Dennoch pochte ihr Herz, als wollte es sich aus ihrer Brust befreien und sich alleine davonmachen. Sie schaute zurück zu Hannah, die unschlüssig dastand, ein paar Schritte machte, um ihr zu folgen, daran aber von zwei stattlichen Jungs gehindert wurde, die sich vor ihr schlossen wie eine automatische Schiebetür. Rums. Das war wie in einem schlechten Krimi, dachte Lena, als Paul, die Assel, sie davonzerrte. Ihr Hirn raste und produzierte wilde Schreckensbilder, worauf sie vergaß zu schreien und nur stumm den Mund öffnete und wieder schloss. Paul schleppte sie nicht nach oben, wo sie die Privatgemächer der Familie vermutete, sondern nach draußen in den Garten. Wenn er eine Gartenparty veranstalten wollte, dann hätte er sich das früher überlegen müssen. Doch er zog sie weiter, trotz ihres Strampelns, trotz ihrer Tritte an seine Beine und ein wenig weiter oben, ungerührt mit stählernem Griff, den sie ihm so gar nicht zugetraut hatte.

Aha, es ging zum Gartenhäuschen. Also nicht Gartenhäuschen, wie man das normalerweise kennt, für Rasenmäher, Sitzauflagen und Spaten, sondern Gartenhäuschen mit mehreren Zimmern, Pergola und Wintergarten. Grollendes Knurren verriet ihr, dass das Häuschen bewohnt wurde. Und zwar von ihrem »special friend« Theo. Sie würde sein Knurren aus hundert anderen heraus erkennen.

»Das war jetzt wirklich lustig, jetzt lass mich gehen, ja?«, ihre Stimme klang nicht so fest, wie sie sich das gewünscht hätte, und prompt war Alligator- Paul auch überhaupt nicht beeindruckt, sondern schloss seelenruhig – beunruhigend ruhig – die Tür auf, stieß Lena hinein, schob sich hinterher und trat die Tür mit dem Fuß zu. Lena tastete sich zum anderen Ende des Raumes, möglichst weit weg von Theo, der tatsächlich in einem Hundezwinger saß, und Paul, der diabolisch grinsend die Tür bewachte.

»So, nun erklärst du mir die Sache mit dem Buch. Ich habe eine ganze Reihe von Fragen, womit fangen wir an?«

»Du hast ja wohl voll den Schuss! Lass mich hier sofort raus, was glaubst du eigentlich!«, schrie Lena in der Hoffnung, ihn und Theo zu erschrecken und andere Leute auf sich aufmerksam zu machen. Außerdem war sie panisch. Echt. Und weil sie panisch war, konnte sie nicht leise sprechen, sondern musste ihre Angst laut hinausbrüllen.

»Ich will wissen, wie das Buch funktioniert, und zwar sofort. Was du schreibst, geschieht. Also? Oder ich lass Theo raus.«

»Du spinnst ja. Was für ein Buch soll das sein, ein Wunschbuch? Das ist ein Tagebuch, sonst nichts.«

»Verarschen kann ich mich selbst, los, mach schon.« Er ging auf Theos Zwinger zu. Sie musste ihm erklären, wieso er absolut auf dem Holzweg war. Wer zum Teufel glaubte schon an den Weihnachtsmann und den Osterhasen? Zauberei und Märchen? Paul, der Abschaum, musste ganz schön in der Patsche stecken, wenn auf so einem unglaublichen Ding wie einem Zauberbuch seine Hoffnungen ruhten. Es war ihre einzige Chance, sie musste ihm klarmachen, wie völlig unmöglich sein Verdacht war.

»Schade, echt, dass es kein Wunderbuch ist, sonst hätte ich dich schon lange weit von hier weggezaubert, garantiert. Soll ich dir beweisen, dass es ganz normal ist?«

Lena schnappte sich ihr geliebtes Büchlein, das, dem Himmel sei Dank, unversehrt aussah, blätterte auf die nächste freie Seite und entdeckte dabei, dass Paul bereits sein Glück versucht hatte.

»Ich finde fünfhundert Euro« stand da und: »Meine nächste Mathearbeit wird eine Eins« und: »Mein Motorroller säuft nie mehr ab« und: »Ich wachse um zehn Zentimeter« und noch viel mehr. Natürlich war nichts davon passiert. Lena warf ihm einen verächtlichen Blick zu. Paul, der Amateurversager, pah. Sie kritzelte schnell ein paar Worte in ihr Buch. War ja eh egal, was da stand. »Paul hat in zwei Minuten krebsrote Haare« hatte sie geschrieben und Paul schrie auf, als hätte sie ihm den Verstand weggeschrieben, was eh nicht möglich war, weil man ja nicht wegschreiben kann, was nicht da ist, oder?

»Streich das sofort wieder durch und schreib: Paul hat in zwei Sekunden hundert Euro in der Hosentasche!«, schrie er sie an. Komisch, dass reiche Leute immer noch mehr Geld wollten. Komisch, dass die Söhne reicher Leute oft pleite waren und strohdoof obendrein. Gelassen strich Lena den »krebsrote Haare«-Satz durch und schrieb wie gewünscht die Sache mit den Euros auf. »Einundzwanzig, zweiundzwanzig«, zählte sie und Paul griff in seine Hosentasche, wühlte darin herum, als könnten die hundert Euro in der hintersten Ecke stecken, ein wenig ratlos, dann noch wütender als vorhin.

»Du verrätst mir jetzt sofort, wie es funktioniert, oder ich lass Theo raus!«, brüllte er sie an.

»Mensch, hast du's immer noch nicht kapiert? Da funktioniert gar nichts oder glaubst du, dann säße ich hier? Dann hätte ich mich schon längst zur Kaiserin von China gezaubert oder mir ein paar Millionen aufs Konto geschoben. Glaubst du, dann würde ich noch einen Strich für die Schule machen? Merkst du nicht, dass das kompletter Blödsinn ist, was du dir da ausgedacht hast?«

»Und mein Roller, hä? Der absolut immer absäuft und nur bei mir, obwohl die Werkstatt ihn schon zehnmal durchgecheckt hat? Und die Haare meiner Schwester? Und die Sache mit den Zigaretten? Alles Zufälle, ja? Das kannst du deinem blöden Köter erzählen.«

Er wollte daran glauben, das sah sie an Pauls verstocktem Gesichtsausdruck. Zu Recht, wie sie ja zugeben musste. Und er war anscheinend so verzweifelt, dass ihm nur ein Wunder helfen konnte. Hilfe, Hannah, flehte sie still in sich hinein. Hilfe, Hannah, hörst du mich? Es musste ihr doch auffallen, dass sie verschwunden war. Pauls Blick schoss zu Theo hinüber, der noch immer am Gitter seines Gefängnisses stand und leise knurrte. Er spürte die Spannung und würde für das Wohl seines Herrchens bis zum Tod kämpfen. Das sagten seine stieren Augen und die logen nicht.

Paul nahm das Buch wieder an sich. »Überleg es dir. Ich gebe dir eine Stunde hier in netter Gesellschaft. Entweder du erklärst mir, wie das Buch funktioniert, oder Theo wird seinen Spaß mit dir haben.«

Wenn es sich Lena genau überlegte, war ihr Theo sogar lieber als Paul. Vor Theo konnte sie sich zur Not noch auf den Schrank retten oder ihn mit sanften Worten beschwören. Lena, die Hundeflüsterin. Theo knurrte. Na gut, also keine sanften Worte. Aber immer noch lieber Theo, der Beißer, als Paul, der Anti-alles. Trotzdem beschwor sie Paul im Stillen, Theo noch nicht aus seinem Zwinger zu lassen. Genau das überlegte er sich nämlich gerade, das sah sie seinem teuflischen Gesichtsausdruck an, in dem sie seine gesamte Gemeinheit lesen konnte, als wäre es ein aufgeschlagener Thriller. Aber dann wären seine Chancen, jemals die Bedienungsanleitung des Buches zu erhalten, verschwindend gering. Also ging er, schloss geräuschvoll zweimal die Tür ab und ließ ihr nicht einmal ein Licht an. Na ja, es war auch so nicht total dunkel. Die umliegenden Häuser und Straßenlaternen sorgten dafür, dass es nie ganz dunkel wurde. Immerhin reichte das Licht, um Theos Umrisse klar zu erkennen. Und seine Zähne, die er immer mal wieder in ihre Richtung bleckte. Widerlich.

»Mistvieh«, knurrte Lena zurück. »Wenn du mal ein bisschen nachdenken würdest, dann könntest selbst du mit deinem Erbsenverstand erkennen, dass es sich nicht lohnt, für dein mieses Herrchen die Drecksarbeit zu machen. Du endest noch beim Abdecker, wenn du so weitermachst.« Theo war natürlich gar nicht beeindruckt. Im Gegenteil, der Klang ihrer Stimme schien ihn noch mehr zu reizen und sein bedrohliches Knurren wurde lauter und lauter. Lena beschloss, zuerst ihr Gefängnis zu untersuchen, bevor sie weitere Pläne schmiedete. Natürlich hatte das Gartenhaus Fenster, doch die waren fest verschlossen, da konnte sie rütteln und schütteln, so viel sie wollte. Schöner Mist. Die Tür war ebenfalls verschlossen und einen Notausgang konnte sie nicht entdecken. Das war das reinste Gefängnis. Sie saß hier fest und nur Hannah konnte sie retten. Oder ihre Mama, wenn sie denn vor morgen Mittag bemerkte, dass Lena fehlte. Und alles mal wieder wegen dieses blöden Buches. Nur weil Paul aus irgendeinem Grund einen Narren an ihr gefressen hatte und sie so dämlich gewesen war, das Buch in der Kirche zu vergessen. Was nun? Warten und Theo beobachten. Vielleicht würde er ja mal heiser werden bei dem ewigen Geknurre. Oder müde. War Knurren anstrengend? Keine Ahnung, aber Goethe jedenfalls wurde immer sofort müde, wenn um ihn herum nichts los war. Sie würde Theo einfach müde langweilen, dann würde er ein Nickerchen machen. Und dann?? Dann könnte sie auch nicht hier raus, dann saß sie immer noch fest. Ein Türschloss konnte man nicht zu Tode langweilen.

Sie versuchte es mit Rufen und Rütteln. Immer nach genau fünf Minuten erhob sie sich, rumpelte gegen die Tür und die Wände und schrie aus Leibeskräften: »Hilfe, ich bin eingesperrt, lasst mich raus«, und es wurde ihr zum ersten Mal klar, welche Überwindung und wie viel Mut und Kraft es kostete, so laut um Hilfe zu rufen. Ihre Stimme klang unheimlich und sie konnte kaum glauben, dass sie es war, die da schrie. Leider war das Schreien genauso nutzlos wie ihr Buch ohne passenden Stift. Blöd, dass sie den jetzt nicht dabeihatte. Nichts passierte, keiner reagierte auf ihre Rufe, nur Theo spitzte jedes Mal die Ohren und verstärkte sein Knurren. Die Zeit kroch so langsam, als wäre jede Sekunde ein Jahr und Lena zur Oma geworden, bis Paul sich herablassen würde, sie endlich zu befreien.

Hannah. Lena dachte intensiv an Hannah, um sie herbeizuwünschen. Alberne Gedanken wie »Mein rechter, rechter Platz ist frei, ich wünsche mir die Hannah herbei« schossen ihr durch den Kopf. Toll, sie war noch keine halbe Stunde hier eingeschlossen und schon wurde sie wahnsinnig. Nach vierzig Minuten erzählte sie Theo aus ihrem Leben. Der hatte sich tatsächlich niedergelassen und lauschte ihrer Stimme. Also doch Lena, die Hundeflüsterin. Nach weiteren zehn Minuten war sie sich sicher, dass er ihr nicht die Hand abbeißen, sondern daraus fressen würde. Helfen würde es ihr trotzdem nicht, denn ein falscher Befehl von Paul und es wäre aus mit den netten Geschichtchen. Da hörte sie Schritte: Paul, der abscheulichste Abschaum, den die Menschheit je hervorgebracht hatte. Paul, in dessen Gegenwart Theo wieder zur Bestie mutieren, über sie herfallen und ihr an die Kehle gehen würde. Der Schlüssel wurde im Schloss gedreht und Theo sprang auf. Knurrend. Gab dieses Tier eigentlich jemals einen anderen Laut von sich? Einen freundlichen vielleicht?

»Na? Hast du es dir überlegt?« Pauls Stimme klang so ätzend, als wolle er sich durch eine Stahlplatte fressen. Stahlplatte war gut, genauso würde sie sein. Ich bin eine Stahlplatte, rezitierte sie in Gedanken, als wäre es ihr persönliches Mantra, ich bin eine Stahlplatte und er wird sich die Zähne an mir ausbeißen. Sie warf einen Blick auf den tobenden Theo. Du auch, dachte sie, du wirst dir auch die Zähne an mir ausbeißen und dir deinen überzüchteten Magen verderben!

»Nichts gibt es zu überlegen«, erwiderte sie. »Du hast dir da was zurechtgesponnen. Glaubst du etwa an Zauberei, Märchen oder die Zahnfee?«

»Sag mir, wie es funktioniert.«

Leider ließ er sich auf keine Diskussion ein. Und provozieren lassen wollte er sich auch nicht. Schade, wäre prima zum Zeitschinden gewesen, denn Hannah brauchte anscheinend noch eine Weile, bis sie die rettenden Truppen organisiert hatte.

»Da funktioniert gar nichts. Ich habe einfach ein wenig herumgesponnen, die Sachen aufgeschrieben, die mir aufgefallen sind, so eine Art Tagebuch, ja? Und das Notizbuch habe ich von meiner Tante Pi bekommen und die ist alles andere als eine Zauberin, weil es keine Zauberer oder Zauberinnen gibt!« Sie legte ihre ganze Ohnmacht angesichts seiner Verstocktheit in ihre Worte. So wie es Eltern oder Lehrer taten, die verzweifelt, aber erfolglos versuchten, einem Kind einen einfachen Sachverhalt klarzumachen.

Wortlos ging Paul zu Theos Käfig. Lena schluckte. Schnell suchte sie nach einem Fluchtweg. Sinnlos. Der Weg zur Tür war durch Paul versperrt und Theo würde genau zwischen ihr und dem rettenden Ausgang aus seinem Käfig heraussprengen. Sicherheitshalber zog sie sich zur Sitzgruppe zurück, stellte sich auf die Bank und schob den Tisch davor. Ganz dicht. Theo machte einen sehr agilen, gelenkigen Eindruck. Es war eine Frage von Sekunden, bis er auf den Tisch gesprungen wäre, um an seine Beute heranzukommen. Lena, die Beute, schluckte schwer und rückte noch ein wenig am Tisch herum, um die Hundeabwehr zu optimieren. Aber Theo war nicht nur sauer, sondern auch sensibel. Die letzte Stunde, vielleicht auch die letzten Tage, waren ein bisschen viel für das empfindliche Tier gewesen, ein Auf und Ab von Emotionen und aufregenden Ereignissen, er war verwirrt, verstört und verzweifelt und offensichtlich ohne jedes Vertrauen in seine Menschen. Kaum dass Paul das Schloss des Zwingers geöffnet hatte, sprang Theo heraus, warf seinen Kopf knurrend nach rechts und links, spürte Lenas angstvollen Blick auf sich gerichtet, machte zwei Sprünge in ihre Richtung, fuhr dann herum und stürzte sich auf Paul. Der ließ einen erstickten Schrei los und wandte sich zur Tür, doch gerade als er die Klinke drücken wollte, wurde die Tür aufgestoßen. Paul taumelte zurück und landete auf seinem Hosenboden. Gleichzeitig strömten schon eine ganze Menge Leute in den Raum. Vorneweg der Chauffeur, der zielsicher den verstörten Theo am Halsband fasste und mit einem Griff zurück in den Zwinger beförderte – so einfach ging das also, wenn Lena das nur gewusst hätte –, gefolgt von Papa Brechstein, der seinen gefallenen Sohn grob vom Boden hochzog, dann kamen Hannah und noch mindestens zehn Partygäste, die einfach mal aus Neugier der Menge hinterhergelaufen waren.

Hannah stürzte sich auf Lena, schob den Tisch zur Seite und zerrte sie vom Sofa, bevor sie auch nur die Luft wieder loswerden konnte, die sich vor Schreck in ihr angestaut hatte. Lena machte »Pfffff«, als wäre sie ein Luftballon mit Loch, und segelte vom Sofa direkt in Hannahs Arme. Binnen weniger Sekunden herrschte in dem eben noch fürchterlichen Chaos bedenkliche Ruhe. Theo jaulte und winselte kleinlaut, Pauls Papa schlug die Tür vor den Nasen der glotzenden Partygäste zu und Hannah und Lena waren sowieso nicht fähig, auch nur ein Wort hervorzubringen. Dann ertönte plötzlich ein lautes Klatschen, wie es nur klang, wenn Haut auf Haut prallte. Papa Brechsteins Hand war mit ungebremster Wucht auf die Wange von Paul, dem astronomischen Riesendeppen, gekracht. Der Chauffeur starrte mit verschlossenem, aber unfreundlichem Gesicht auf die Szene, statt sich diskret abzuwenden, wie es sich vielleicht für einen Dienstboten gehört hätte.

»Was auch immer du dir bei dieser Angelegenheit gedacht hast«, grollte Papa Brechstein seinem Sohn ins Gesicht, »nichts, absolut nichts entschuldigt so ein Verhalten. Du hast ein Mädchen bedroht . . .« Sein Blick traf den Lenas und er fügte hinzu: »Ein kleines Mädchen.« Das hätte er ruhig weglassen können, wie Lena fand. Doch an Papa Brechsteins Schläfe pochte eine wütende, dicke Ader, und deshalb verzichtete sie darauf, Einspruch zu erheben. »Du bist eine Gefahr für deine Mitmenschen, für harmlose Haustiere«, Papa Brechsteins gewaltige Stimme donnerte durchs Gartenhaus, »und du bist vor allem eine Gefahr für mich und meine Karriere. Vielleicht ist es dir entgangen, aber ich arbeite seit Jahren hart daran, in der Politik Fuß zu fassen, und das Letzte, was ich dabei gebrauchen kann, ist ein Sohn, der kleine Mädchen mit wild gewordenen Hunden bedroht.« Schon wieder die »kleinen Mädchen«, also wirklich, Lenas Wangen brannten ebenso wie Pauls, wenn auch aus anderem Grund. »Ich habe mir dein schändliches Treiben lange genug angeschaut, du wirst dich bei dieser jungen Dame entschuldigen und das hier . . .«, er griff nach dem himmelblauen Notizbüchlein und schleuderte es Lena zu, gerade so stark, dass sie es nicht fangen konnte, es ihr aber auch nicht mit voller Wucht an den Kopf knallte. »Diesen albernen Mädchenkram will ich nie wieder in deinen Fingern sehen. Noch heute werden deine Koffer gepackt, ab Montag freut sich ein renommiertes Internat auf die Aufgabe, aus dir einen wertvollen Menschen zu machen.« Sprach's, packte Paul, das lächerlichste Arschgesicht der Welt, am Ärmel und zog ihn zur Tür. Doch dann fiel ihm wohl noch etwas Wichtiges ein, er hielt inne, drehte sich zu Lena um und schnarrte sie mit seiner Befehlsstimme an: »Und bei Ihnen, meine Dame, melde ich mich in den nächsten Tagen. Da nichts geschehen ist, gehe ich davon aus, dass Sie von weiteren Schritten gegen meinen Sohn absehen werden. Guten Abend.«

Jawohl, zu Befehl, Herr Brechstein. Nicht zur Polizei gehen, logo, klar, hab's verstanden! Natürlich verspürte Lena trotzdem das dringende Bedürfnis, sofort auf die nächste Polizeistation zu rennen und diesem blöden Paul-Albtraum mit einer Anzeige kräftig eins auszuwischen. Freiheitsberaubung, Bedrohung und Erpressung fielen ihr sofort als nicht erlaubte Handlungen ein. Ganz zu schweigen von Diebstahl und dem ollen Zigarettenautomaten. Schön wär's gewesen, wenn Abschaum-Paul so richtig eine verbrezelt bekommen hätte. Nur wäre ja dann die Sache mit dem Notizbuch irgendwann zur Sprache gekommen, oder? Und das ging nun mal gar nicht. Schade eigentlich.

KAPITEL 14

Ohne weitere Diskussion waren Hannah und Lena nach diesem Erlebnis nach Hause gegangen, obwohl es früh am Abend war und sie noch um die Häuser hätten ziehen können. Aber sie brauchten jetzt dringend ein bisschen Ruhe und so machten sie es sich bei Lena gemütlich. In Lenas Gehirn hatte sich ein solcher Knoten an Gedanken und Gefühlen aufgewickelt, dass sie fast den ganzen Heimweg gebraucht hatte, um sich nun das Geschehen des Abends vornehmen und mit Hannahs Hilfe aufzwirbeln zu können.

»Sorry, dass ich so lange gebraucht habe mit meiner Rettungsmannschaft«, entschuldigte sich die. »War ganz schön knapp, aber ich musste erst die beiden Bodyguards loswerden, die dein Paul auf mich gehetzt hatte.«

»Sag nie wieder MEIN Paul!«, stöhnte Lena.

»Jedenfalls waren die beiden sowieso nicht so glücklich damit, auf mich aufzupassen. Kein Wunder bei den Mädels, die dort herumliefen.«

»Ich finde, du siehst toll aus heute«, fiel ihr Lena ins Wort. Das hatte sie schon die ganze Zeit sagen wollen, aber die Ereignisse hatten sie ja förmlich überspült und keinen Spielraum für Komplimente gelassen.

»Oh, danke gleichfalls. Das hättest du sehen sollen, wie die den Mädels hinterhergestarrt haben. Je enger die Klamotten, desto weiter die Augen. Und Tonnen von Make-up müssen heute Abend verschwendet worden sein. Wie die sich aufgemotzt haben! Na, egal.« Hannah schüttelte verächtlich den Kopf. »Auf jeden Fall haben schließlich die Hormone gesiegt. Die beiden sind hinter einer blonden Tussi her, als wären sie mit Transparent-Tape an sie drangeklebt gewesen. Ein Mädel für zwei Jungs. Die waren so hin und weg, dass sie nicht mal mehr zählen konnten.« Hannah machte eine Pause, um ihre Gedanken zu ordnen.

»Gut für uns, die Hormonsache, oder? Sonst würden die beiden immer noch auf dich aufpassen und wer weiß, was Theo inzwischen mit mir angestellt hätte«, warf Lena ein.

»Ja, schon. Weißt du, ich hätte plötzlich platzen können vor Wut und auch vor Mut.« Hannah lachte. »Tolle Formulierung, was? Also bin ich schnurstracks los und hab nach dir gesucht. Ganz leise, keiner hat mich bemerkt. Zuerst hat das ganz gut funktioniert. Ich habe noch nie so ein Haus gesehen. Von oben bis unten vollgestopft mit wertvollem Zeug. Man traut sich wirklich nichts anzufassen, wie in einer Ausstellung. Überall Spiegel, alte Möbel, riesige ...«

»Äh, könntest du einfach weitererzählen?«

»Ach so. Also, ich bin bei Eva reingestolpert, aber die war gar nicht mit ihrem Styling, sondern mit 'nem Typen beschäftigt. Nix wie raus da, dachte ich, das war echt peinlich. Ihre Mutter habe ich vor der Glotze gefunden.« Sie schwieg wieder und schließlich gestand sie: »Sie hat direkt aus der Flasche getrunken. Whiskey. Wie meine Mutter manchmal. Ich glaube, es war sogar die gleiche Marke ... Und den Vater habe ich auch entdeckt. Der hat in sein Telefon gebrüllt, dass die Bücher aus dem Regal gefallen sind. Der hat wohl irgendein armes Schwein rundgemacht, mit dem hätte ich nicht tauschen wollen. Dabei ist doch Wochenende!«

»Das kenne ich, Arbeit, Arbeit, Arbeit. Mein Pa ist auch so einer, die kennen keinen Feierabend«, meinte Lena.

»Die Eltern konnte ich also nicht um Hilfe bitten.«

An diesem Punkt nickte Lena verständnisvoll, das hätte sie Hannah auch gleich sagen können, denn immerhin hatte sie ihre ganz spezielle Meinung über die Eltern dieses Hauses.

»Ich wusste echt nicht, was machen. Und andauernd die Angst, dass mich jemand entdeckt.« Also hatte Hannah das Haus verlassen und war durch den Garten gestreift. Und Glückstreffer, sie hatte tatsächlich beobachtet, wie Paul vom Gartenhaus zurückgekommen war. »Was? Und du bist nicht gleich hingerannt und hast mich befreit? Ich habe tausend Ängste ausgestanden, du hättest wenigstens mal kurz ans Fenster klopfen können und mir Bescheid geben, dass du Hilfe holst oder so!«, erregte sich Lena und Hannah versprach, das nächste Mal zuerst an Lenas mentale Verfassung, dann an Lenas Rettung zu denken.

»Ich also hin zum Gartenhaus und durch das Fenster gelinst. Gesehen habe ich dich nicht, aber den Hund, wie er irgendwas angeknurrt hat.«

»Das war ich, nicht irgendwas!«, rief Lena empört.

»Ja, das dachte ich mir auch, aber bevor ich reagieren konnte, hat mich von hinten eine Hand gepackt und vom Fenster weggezogen. Himmel, das war der Schock meines Lebens. Ich dachte, es sei Paul und ich würde gleich bei dir und Theo landen, aber es war dieser merkwürdige Chauffeur. Der schlich genauso leise herum wie ich auch.«

»Du Arme, dass du nicht geschrien hast. Dann hätte ich dich wenigstens gehört.«

»Nee, dafür war ich viel zu erschrocken. Der packt mich also und schleppt mich zum Haus, direkt in Papa Brechsteins Büro. Mann, der hat nicht schlecht gestaunt, aber gleich kapiert, dass etwas passiert sein muss, und sofort sein Telefonat unterbrochen.«

»Der Chauffeur hätte doch auch direkt ins Gartenhäuschen gehen können. Sicher hat der einen Schlüssel, oder? Dann wär alles viel schneller gegangen.«

»Schon, aber überleg mal. Dann hätte Pauls Papa nie gesehen, was für ein Schwein sein Sohn ist, und vielleicht hätte er uns auch nicht geglaubt. Paul wären sicher tausend Erklärungen dafür eingefallen, dass ein Mädel in seinem Gartenhäuschen sitzt.«

»Du hast recht. Paul hätte es sicher so gedreht, dass ich Theo stehlen wollte und mich versehentlich mit ihm eingeschlossen hatte oder noch besser, dort auf ihn gewartet habe, weil ich ihn so wahnsinnig super finde oder so.« Trotz allem Schrecken kicherte Lena bei dem absurden Gedanken. »Dir hat er jedenfalls gleich geglaubt.«

»Ich musste gar nicht viel erklären. Ich finde, das sagt schon alles. Keine Sekunde hat er gezögert, als ich sagte, dass der liebe Paul-Adrian meine Freundin im Gartenhaus festhält. Aber ich glaube, die Sache mit Theo hat ihn dann auch überrascht. Ich meine, dass Paul so fies sein würde und dich mit Theo bedrohen, das ist ja so was von niederträchtig.«

Dieses Buch war einfach unfassbar gefährlich, das wurde Lena jetzt wieder klar. Es war lebensgefährlich für den Besitzer, wenn jemand das Geheimnis herausfand und für sich nutzen wollte, und es war brandgefährlich für den Rest der Menschheit, wenn es in falsche, verantwortungslose Hände geriet. Fast jeder würde versuchen, das Buch für seine Zwecke einzusetzen, egal wie schrecklich die Folgen für andere Menschen wären. Welch ein Glück, dass Pauls Vater das Gestammel über Wunschbücher und Zaubereien nicht ernst genommen hatte. Natürlich konnte niemand, der einigermaßen bei Trost war, so eine wilde Geschichte ernst nehmen. Paul hatte eigentlich Glück gehabt, dass er im Internat und nicht in einer geschlossenen psychiatrischen Klinik gelandet war. Aber mal angenommen, dass wirklich ein skrupelloser, geld- und machtgeiler Erwachsener wie Vater Brechstein die Möglichkeiten des himmelblauen Buches erkennen würde, es wäre eine Katastrophe für die Menschheit, da war sich Lena sicher. Nein, nie wieder würde sie das Ding anrühren, ganz sicher. Einschließen und vergessen, egal wie groß die Versuchung war, sich doch noch den ein oder anderen Wunsch zu erfüllen. Sie kuschelte sich tiefer in ihr Kissen. Jetzt saß sie ja erst einmal glücklich in ihrem Zimmer, mit Hannah, ihrer Retterin und besten Freundin – jedenfalls außer Lilli. Wenn Hannah nicht jetzt die Bewährungsprobe bestanden hatte, wann dann bitte? Goethe lag zu ihren Füßen und das Notizbuch in ihrer verschlossenen Schreibtischschublade. Alles gut.

Alles gut? Zum hundertsten Mal hatten sie den Abend durchgekaut und Lena war Hannah nur die Antwort schuldig geblieben, was denn nun eigentlich an einem hundsgewöhnlichen Notizbuch so interessant war. »Du hast ja gehört, was Paul gefaselt hat: Zauber und Wunder soll mein Notizbuch bewirken können. Ha, schön wär's. Ich hab ihm gesagt, dass ich wohl nicht mit ihm im Gartenhäuschen sitzen würde, wenn ich mit dem Buch zaubern könnte, oder dass ich mir ein bisschen Geld zusammenschreiben würde, tolle Klamotten und Superschulnoten. Aber glaubst du, der hätte auf mich gehört, der Idiot?« Lag es an ihrem

Lacher, der vielleicht einen Tick zu gekünstelt geklungen hatte? Oder warum lachte Hannah nicht einfach mit, sondern schaute sie nur nachdenklich an?

»Weißt du, so heimlich, wie du mit dem Buch tust, und wie du es immer, aber auch wirklich immer, mit dir herumgeschleppt hast, da kann man schon mal auf die Idee kommen, dass es was Besonderes auf sich hat damit«, stellte sie schließlich fest.

»Möglich, das war eben eine Spinnerei. Ich wollte mir Notizen machen über die besonderen Dinge, die so passieren, die mir auffallen. Wie oft hast du schon gedacht: ›Huch, das war aber krass, das schreibe ich mir auf, wenn ich zu Hause bin‹, und kaum warst du zu Hause, hast du es vergessen. Also, mir ging's oft so und deshalb war das Buch immer dabei.« Nervös plapperte Lena drauflos und hatte mit jedem Wort mehr das Gefühl, dass Hannah ihr weniger glaubte. Aber was hätte sie sonst tun können? Noch einem Menschen die Wahrheit anvertrauen, nachdem sie eben festgestellt hatte, wie gefährlich es war, die Wahrheit zu wissen? Dafür kannte sie Hannah nun doch noch nicht gut genug.

»Nee«, meinte die schließlich, »ich wollte noch nie etwas aufschreiben. Ich meine, ich hab damals angefangen, Tagebuch zu schreiben, als das mit Papa und ... Das hat die Therapeutin so gewollt. Ich weiß nicht, ob es was gebracht hat, ich hab jedenfalls wieder damit aufgehört, ich bin nicht so die Schreibtante, weißt du.«

»Ist ja egal, jetzt bleibt das Buch sowieso in der Schublade. Ich bin geheilt, ich schreibe nie wieder etwas da rein, und es mit mir herumschleppen, das gibt's auch nicht mehr«, verkündete Lena und sie meinte es fast genau so. Das Ding brachte ihr eindeutig Unglück, das stand fest. Was auch immer sie anfasste oder hineinschrieb, irgendwie drehte es sich das Schicksal so zurecht, dass etwas Fürchterliches passierte.

Hundert Jahre und viele Stunden später begleitete Lena Hannah nach unten. »Erzählst du es deiner Mutter?«, fragte Hannah.

»Weiß nicht, mal sehen. Dann will sie bestimmt wissen, was in dem Buch steht. Es ist ja nichts passiert, da hat Herr Brechstein schon recht. Nein, ich glaube, ich sag ihr nichts. Bitte erzähl du auch lieber nichts, ja?«

»Und wenn es doch Untersuchungen gibt? Wenn die Polizei vor der Tür steht und Fragen stellt? Was sag ich dann?«, zögerte Hannah.

»Kann ich mir nicht vorstellen. Die Brechsteins werden schön stillhalten.«

Gerade als Hannah den Schlüssel in ihrer Tür drehen wollte, wurde die geöffnet und ihre Mutter stand in der Tür. Sie sah ein wenig mitgenommen aus, nicht schlimm, aber auch nicht wirklich gut. Lena hatte sofort ein schlechtes Gewissen, weil sie sich sicher Sorgen gemacht hatte, es war doch ziemlich spät geworden. Noch bevor Hannah einen Ton sagen und ihre Verspätung erklären konnte, verschwand ihre Mutter wieder wortlos in der dunklen Wohnung. »Rums« machte die Schlafzimmertür.

»Scheiße«, murmelte Hannah und schlich in ihre Wohnung. »Bis morgen.«

»Scheiße, auch bis morgen«, murmelte Lena und trottete in ihre Wohnung, weil manchmal die Dinge einfach nicht so laufen, wie sie laufen sollen, und man total machtlos dagegen ist. Obwohl es so spät war und obwohl sie sich hundemüde in ihr Bett sehnte, musste sie noch Lilli schreiben, auch wenn die schon längst nicht mehr im Chatroom war. Also öffnete sie ihr Mailprogramm und lieferte einen Bericht, auf den Lilli am nächsten Morgen empört zurückschrieb.

Lilli: Aber du musst zur Polizei, wirklich. Die können so eine Gemeinheit doch nicht einfach vertuschen.

Lena: Doch, klar können die. Außerdem will ich nicht, dass jemand mein Notizbuch unter die Lupe nimmt. Stell dir das mal vor!

Lilli: Logisch, geht gar nicht. Also kommt der fiese Paul einfach so davon?

Lena: Er kommt ja ins Internat.

Lilli: Nee, das lässt sein Mamilein bestimmt nie zu.

Lena: Ich glaube nicht, dass die was zu sagen hat.

Lilli: Und Hannahs Mutter, was ist der über die Leber gelaufen?

Lena: Ich geh gleich mal runter und schau nach, was los ist. Vielleicht hat sie sich einfach nur Sorgen gemacht. Hannah ist ziemlich spät heimgekommen.

Lilli: Na, ich drück die Daumen und muss jetzt los. CU.

Lena: CU auch.

Liebeskummer, diagnostizierte Hannah, als Lena fragte, was mit ihrer Mutter geschehen war.

»Und das sagt sie dir so einfach?«

»Natürlich nicht, das rate ich mir so einfach. Sie hat sich irgendwie Hoffnungen auf deinen Banker gemacht, glaube ich.«

»Ach, ehrlich? War sie nicht nur sauer, weil du so lange weg warst?«, staunte Lena.

»Nein. Es ist etwas passiert, weshalb sie nicht mehr mit ihm sprechen möchte.«

»Och nee.«

»Genau. Wahrscheinlich hat sie einfach nur ein schlechtes Gewissen meinem Pa gegenüber.«

»Aber das ist doch Quatsch! Außerdem ist Lars bestimmt in Ordnung.«

»Meine ich auch, aber mich fragt sie ja nicht. Und du? Hast du gestern Abend gut verkraftet?«

»Ja, und ich bin dir so dankbar, dass ich dich heute unbedingt zum Eis einladen muss.«

»Blödsinn. Ich meine, wir können gerne Eis essen gehen, aber du musst mich nicht einladen.«

»Muss nicht, will aber. Du warst die Heldin des Abends. Ohne dich wäre die Sache gründlich schiefgegangen.«

»Quatsch, dann wär's halt anders gelaufen, aber

schiefgegangen? Glaube ich nicht. Wollen wir gleich los?«

»Klar . . . Aber sag mal, du hast doch bestimmt auch normale Klamotten, oder? Dauernd muss ich auf diese Sprüche gucken«, meinte Lena, weil sie die Augen einfach nicht von dem riesigen »Addicted to life« abwenden konnte, das auf Hannahs knielanges XXXL-Shirt gedruckt war. Hannah guckte zwar ein bisschen beleidigt, zuckte aber dann die Schultern und trottete brav nach unten, um sich umzuziehen. Kaum war Lena alleine, zucke es ihr in allen Fingern, noch ein einziges Mal einzugreifen und mithilfe ihres Notizbuches Frau Zickert und den Banker zusammenzubringen. Was bei Max und Leonie geklappt hatte, konnte ja bei den beiden nicht schiefgehen, oder? Doch zum Glück tauchte da schon wieder Hannah auf. Sie hatte ein T-Shirt hervorgezaubert, auf dem zwar breit »LOVE« gedruckt war, das aber eindeutig nicht ihrem Papa oder sonst jemandem gehört hatte und ihr richtig gut stand. Lena seufzte enttäuscht und auch ein bisschen erleichtert, dass die Gelegenheit, noch einmal Schicksal zu spielen, vorbei war. Denn hatte sie sich nicht geschworen, nie wieder in die Beziehungskisten von anderen Leuten einzugreifen, absolut niemals?

KAPITEL 15

Wenn sie das alles geahnt hätte! Was konnte sie dafür, dass die fest verschlossene Schreibtischschublade, in der sie ihr Notizbuch sicher glaubte, plötzlich zu glühen begann? Nach zwei Tagen, an denen sie sich beharrlich geweigert hatte, auch nur einen Blick in diese Richtung zu werfen. Die Schublade verströmte eine eigenartige Hitze wie von einem Stück Glut oder einem hochradioaktiven Teilchen, das sich verirrt hatte und nun unglücklich, aber heftig herumfunzelte. Lena befürchtete, jeden Augenblick könnte ihr gesamter Tisch explodieren. Doch sie blieb standhaft, schnappte ihren gesamten Schulkram samt Notebook und verzog sich in die Küche, um dort an ihrem Referat zum aufregenden Thema »Einflüsse des Absolutismus auf Goethes Werke« zu legen, zu dem sie sich überstürzt gemeldet hatte. Jetzt fing auch noch ihr Schlampermäppchen an zu vibrieren. Das konnte nur der Stift sein, der da tobte. Wieso hatte sie nur das Notizbuch eingeschlossen und nicht auch den Stift dazu? Sein Schüttelfrost-Zittern wurde nun so stark, dass er das komplette Mäppchen über den Küchentisch hoppeln ließ, als hätte es einen eingebauten Rückzugmotor für Osterhasen verschluckt.

Natürlich klingelte es ausgerechnet jetzt. Lena fing gerade noch ihr Mäppchen auf, das sich vom Küchentisch herunterruckeln wollte, und stürzte damit zur Tür. Oh, Hannah. Lena trat zur Seite, die Hand mit dem Mäppchen hinter dem Rücken, denn die zitterte so stark wie Oma Leinewebers Hände, wenn sie versuchte, ihren Briefkasten mit dem Minischlüsselchen aufzuschließen. Hannah würde das bestimmt gleich bemerken.

»Hast du Zeit?«, fragte sie in ihrer knappen Art.

»Nee, eigentlich nicht, muss ein Referat vorbereiten«, meinte Lena, noch immer die Hand hinter dem Rücken. Sie musste unbedingt das Mäppchen loswerden, ihr ganzer Arm begann zu zittern.

»Oh, schade. Wie lange?«, fragte Hannah zurück und tatsächlich stierte sie schon auf Lenas Arm.

»Na ja, noch ein bisschen. Wie geht's denn deiner Mutter?« Weil Lenas Arm immer weiter wackelte und ihr die Armmassage allmählich lästig wurde, legte sie das Mäppchen auf den Schuhschrank und hoffte, dass es sich dort benahm. Tatsächlich gab es Ruhe. Dafür guckte Hannah aber ziemlich verstimmt. »Mutter« war wohl gerade ein verbotenes Thema und sie hatte offensichtlich gar keine Lust, darüber zu reden. Gehen wollte sie aber auch nicht.

»Ich bin in einer halben Stunde fertig, o. k.?«, sagte Lena schnell, weil sie Hannah nicht mit einer kalten Abfuhr verletzen wollte. »Dann komm ich runter.«

»Lass mal. Ich spiele solange im Wohnzimmer mit Goethe.«

Oh, so schlimm stand es also da unten, dass sie lieber hier mit Goethe wartete? Wie auf Kommando stürzte das Mäppchen vom Schuhregal.

»Ist da 'ne Maus drin?«, fragte Hannah.

»Nur so ein blöder Scherzartikel, das Neueste, ein Zitter-Stift. Geh mal zu Goethe, der freut sich bestimmt, wenn er Abwechslung hat. Ich beeil mich!« Sie schnappte ihren »Scherzartikel«, flüchtete in die Küche, nahm den Stift heraus und legte ihn vor sich hin. »So, du willst also, dass ich mit dir schreibe, ja? Dann mal los!« Energisch machte sie ein paar Notizen: Einleitung, Mittelteil, krönender Schluss, fertig. Die Schrift sah krakelig aus und schon nach ein paar Zeilen schmerzte ihre Hand vor Anstrengung. Der Stift sträubte sich. Zumindest gegen ein Geschichtsreferat. Er wollte eindeutig etwas anderes schreiben. Gut, sie würde sowieso alles direkt in ihr Notebook eingeben. Sollte er doch über den Küchenboden rollen und hopsen wie ein zorniges Kind. Wenig später hatte sie trotz widriger Umstände einen halbwegs vernünftigen Anfang für das Referat gefunden. Sie packte zusammen, weil ihre Mutter es hasste, in der ganzen Wohnung über verteilte Schulsachen zu stolpern.

Fast erwartete sie schon, dass in ihrem Zimmer merkwürdige Dinge vor sich gingen. Deshalb öffnete sie die Tür ganz langsam und vorsichtig, schob zuerst den

Kopf in ihr Zimmer, ihr Körper folgte nach und nach, und als sie ihre linke Hand schließlich nachzog, hatte sie die ganze Situation voll im Blick. Ihr Schreibtisch glühte, als wäre er der Mittelpunkt einer illuminierten Kunstinstallation. Also wirklich, Notizbuch und Stift benahmen sich, als wären es randalierende Wildtiere, die zur Wohnungshaltung nicht geeignet waren. Lena näherte sich vorsichtig dem sonst so unspektakulären Möbel, nahm ihren ganzen Mut zusammen und legte ihre Hände auf die Tischplatte. Kalt. Sie hatte glühende Hitze erwartet, doch er war kalt und hörte auf zu strahlen, sobald sie ihn berührte. Hände wieder weg und er glühte, Hände wieder darauf und er hörte auf zu leuchten. Hmpf, machte Lena. »Ihr wollt also unbedingt herumzaubern, hm? Sonst gebt ihr keine Ruhe?« Mit zusammengekniffenen Augen dachte sie angestrengt nach. Also gut, sie würde ein wirklich absolut letztes Mal etwas in das Buch schreiben, damit Buch und Stift zur Vernunft kamen, und dann würde sie sehen müssen, wie sie die beiden endgültig loswurde. Es gab keinen Ausweg. Trennung auf immer und ewig, in ihrem Leben hatten Wunder keinen Platz und schon gar keine, die sich nicht zu benehmen wussten. Sie fasste unter ihr Kopfkissen, wo sie ihren Schreibtischschlüssel versteckt hatte, schloss die Schublade auf und nahm das Buch heraus. Es sah aus wie immer. Keine Brandflecken oder fluoreszierenden Punkte. Nicht einmal ein Vibrieren. Sie würde etwas ganz Harmloses schreiben, etwas, das garantiert keinen Schaden anrichten konnte und niemanden zu irgendetwas zwingen würde, was er im Grunde seines Herzens nicht wollte. Nur was?

Sie konnte wirklich nichts dafür, dass gerade in diesem Augenblick Hannah einen Jauchzer ausstieß und prompt die verdrossenen Gesichter des Bankers und Frau Zickerts vor ihr auftauchten, die in den letzten Tagen im Hausflur herumgeschlichen waren wie die fleischgewordene Hoffnungslosigkeit. Lars, der Banker, zumindest, während Hannahs Mutter wieder in der Versenkung verschwunden war. Wie von selbst griffen sich ihre Finger den Stift, der nun lammfromm und geduldig, wie es sich für einen gewöhnlichen Kuli gehörte, in ihrer Hand lag, bereit, sämtlichen Unsinn zu Papier zu bringen, den sie sich einfallen ließ. Schließlich schrieb ihre Hand – wirklich ganz ohne ihr Zutun – etwas, das sehr wohl in das Leben anderer Mensch eingriff: »Frau Zickert begegnet heute Abend Lars, dem Banker, bei einem Spaziergang, die beiden sprechen sich aus und wagen einen Neuanfang ihrer Beziehung.« Eigentlich war das ja kein wirkliches Einmischen, ein Beschleunigen vielleicht, und »Beziehung« ließ ja alles offen, nicht wahr? Es konnte wahlweise eine normale, eine intime, eine lebenslängliche, eine gute oder schlechte sein. Schnell schlug Lena das Buch zu und schob es samt Stift in die Schublade. Vielleicht würden die beiden aufhören, sich ungehörig zu benehmen, wenn sie zusammen waren. Tatsächlich – kein Flimmern, Glimmen oder Zittern!

Das Buch war verflixt schnell. Kaum dass sie es sich mit Hannah gemütlich gemacht hatte, die richtige Musik gefunden und ihr, die in angesagten Internetdingen erbärmlich unwissend war, eine kurze Einführung in die wichtigsten Onlineplattformen und coolsten Seiten gegeben hatte, klingelte es schon wieder. Na, wer konnte das schon sein, außer dem Banker Lars?

»Kann ich mir Goethe ausleihen? Nur zum Spazierengehen, ich brauche einen freien Kopf und es ist so sinnlos, alleine durch die Straßen zu laufen. Da komme ich mir lächerlich vor.«

Abwechselnd betrachtete Lena Lars, der treuherzig und nichtsahnend grinste, und Goethe, der winselnd neben ihr hockte und bettelnd mit dem Hintern auf dem Boden hin und her rutschte. Wurde sie jetzt doch noch zur Liebeshund-Verleiherin? Davon, dass Goethe zum Spaziergang dazugehörte, hatte sie schließlich nichts geschrieben, oder? Aber sie konnte ihm nicht widerstehen, dem goldigen Hund, der immer näher an sie heranrutschte, sich an ihrem Hosenbein schubberte, seinen unwiderstehlichsten Bettelblick anknipste und leise zu winseln begann. »Also gut.« Sie rückte die Leine heraus und aus dem jammervollen Bündel, das eben noch neben ihr gekauert hatte, wurde eine überdimensionale Kanonenkugel, die sich selbst die Treppe hinunterkatapultierte. Lena schloss die Tür. Schicksal nimm deinen Lauf, dachte sie und fragte Hannah, ob sie mit ihr zu Abend essen wollte. Weil sie sofort einwilligte und überhaupt keine Anstalten machte, kurz mal bei sich zu Hause reinzuschauen, machte sich Lena auf einen längeren Hannah-Abend gefasst. Sie einigten sich auf den Pizzaservice ohne Service, da der kleine Laden nur wenige Häuser weiter war und man schneller dorthin gelaufen war, als dass die Pizzas gebracht wurden.

Als Lena später in ihrem Bett lag, schienen sich Buch und Stift tatsächlich beruhigt zu haben. Erst am nächsten Morgen, als sie ihren Rucksack packte, spürte sie ein leichtes Zittern, wenn sie Gegenstände vom Schreibtisch nahm oder wieder hinlegte. Hm, sie konnte nur hoffen, dass die beiden Störenfriede stillhielten, solange ihre Mutter noch hier war. Die würde bestimmt kein Verständnis für randalierende Büromaterialien haben. Sorgfältig schloss sie die Tür und beschwor ihr Notizbuch und den Stift ein letztes Mal inständig, keinen Radau in ihrer Schublade zu veranstalten. Sie würde erst am späten Nachmittag zurückkommen, heute war einer der Tage, an denen von Goethe ein geduldiger Geist und eine belastbare Blase abverlangt wurden.

Umsonst inständig geseufzt und beschworen. Schon an der Tür wurde sie misstrauisch. Sie konnte förmlich riechen, dass hier etwas ganz und gar schiefgelaufen war. Erstens war es außergewöhnlich, dass Goethe sie nicht schon an der Tür überfiel. Zweitens kam er auch nicht, als sie ihn freundlich lockte, drittens blieb er verschwunden, als sie entdeckte, dass ihre Zimmertür offen stand und Dinge auf dem Boden herumlagen, die dort am Morgen noch nicht gelegen hatten. Sie schmiss ihre Jacke und den Rucksack von sich. »Goethe!«, schrie sie. »Wo bist du, komm sofort her, was hast du nur angestellt!«

Das Chaos in ihrem Zimmer war unbeschreiblich. Alles, was irgendwie auf dem Schreibtisch gelegen hatte, verstreute sich nun auf dem Boden und im ganzen Zimmer. Der Teppich war knöchelhoch zugeschüttet mit zerbissenen Büchern, Papierblättern, Stiften; ein zerkauter Anspitzer hatte seinen gesamten krümeligen Inhalt verstreut, ordentliche Stapel gab es nicht mehr, alles flog herum, war entweder angekaut, zerkratzt oder zerknittert, feucht und versabbert. Kein Tornado und keine Kindergartengruppe hätten solch ein Durcheinander anrichten können. Man musste nicht unbedingt zum Club der Superintelligenten gehören, um herauszufinden, wer dafür verantwortlich war. Fehlten nur noch Hundepinkelspuren, dann wäre die Beweislage komplett gewesen. Fast wäre ihr entgangen, dass auch die Schubladen geöffnet waren. Was hieß hier geöffnet! Sie waren herausgezerrt, hingen schräg in der Halterung, eine war komplett ausgebrochen, genau die, in die sie am Abend zuvor ihr Zauberbuch und den Stift gelegt hatte, fein säuberlich nebeneinander, damit sie sich nicht wieder einsam fühlen würden.

Der Stift und das Notizbuch! Wo waren die eigentlich? In den Resten der Schublade jedenfalls nicht. Lena stakste auf Zehenspitzen durch den Müllberg, der ihr den Weg zum Schreibtisch versperrte. Hm, sie würde einen neuen brauchen. Am besten gleich eine komplett neue Zimmereinrichtung und vielleicht auch einen neuen Hund und ein neues Zuhause, denn Mama würde fürchterlich sauer auf Goethe sein und damit auch auf sie, die verantwortlich für ihn war. Wie hatte er nur so ausrasten können? Konnte ein Hund völlig durchdrehen, nur weil er mal dringend pullern musste? Nichts Himmelblaues war zu sehen. Kein Goldrand, kein Blumenmuster, verflixt, hatte sich Goethe an ihren heiligsten Schätzen vergriffen? Wo war er nur! Zuerst brüllte sie ihre Wut heraus: »Goethe, komm sofort her!«, donnerte sie durch die Wohnung. Mal im Ernst, da wäre sie auch nicht aus ihrem Versteck gekommen. Also versuchte sie, ihn wieder zu locken, so ein Riesenkerl konnte sich ja schlecht in Luft auslösen, oder? Da! Ein Kratzen, ein schweres Schnaufen aus Mamas Schlafzimmer, in dem er sich doch tatsächlich unters Bett verkrochen hatte. Sein Pech, dass er einen himmelblauen Papierfetzen auf der Nase hatte, da wusste Lena sofort, was Sache war. »Nein«, keuchte sie, »nein, nicht, Goethe, bitte nicht!« Sie krabbelte unter das Bett, tastete mit blinden Fingern umher, entdeckte einige Papierstückchen, aber kein Buch. Wie von Sinnen klaubte sie jedes Fitzelchen Papier zusammen, das sie finden konnte. Goethe war inzwischen auf dem Bauch aus dem Schlafzimmer gerobbt. Er wusste, dass er etwas Unverzeihliches angestellt hatte, und suchte sich einen neuen Platz zum Unsichtbarwerden.

Schließlich sank Lena über einem winzigen Häufchen Papier zusammen, den Resten ihres Zauberbuches. Immer wieder fingerte sie hektisch in den Schnipseln herum, als wäre es ein schwieriges Puzzle und sie bräuchte nur das erste, wichtige Teil und dann ginge es ganz von selbst. Aber nichts ging, aus, es war vorbei mit der Zauberei. Sie würde nie wieder etwas herbeischreiben können, all ihre Chancen hatte sie vertan, nichts, aber auch gar nichts konnte sie jemals wieder ändern, zum Guten wenden oder einfach nur ein wenig geraderücken. Es war doch noch so viel zu erledigen gewesen! Wie sollte sie ihr Leben meistern, wenn sie gar keinen Einfluss mehr nehmen konnte? Sie konnte unmöglich leben ohne ihr Notizbuch, sie war ein Nichts, ein Niemand, verdammt zur Gewöhnlichkeit!

»Oh«, machte die Tür. Lena fuhr herum. Hannah stand im Eingang und starrte sie an, als wäre sie Lady Gaga ohne Make-up. »Sag mal, heulst du hier so rum oder entdeckt Goethe seine wölfischen Wurzeln?« Normalerweise hätte Lena das vielleicht witzig gefunden, jetzt winkte sie nur unbestimmt in Richtung des Papierhäufchens, den Kopf abgewandt, denn Hannah sollte sie nicht so zerknittert und verheult sehen. Ein weiteres Schluchzen schüttelte sie. Woher sollte sie die Kraft nehmen, jemals wieder aufzustehen und dieses Zimmer zu verlassen? Bald würde ihre Mutter erscheinen und sie würde schlafen gehen, mit Lena hier auf dem Fußboden vor ihrem Bett wie ein treuer Hund. Hund! Allein der Gedanke ließ die Tränen fließen. Wie sollte sie jemals ihrem Hund verzeihen! Er hatte ihr Leben, ihre Zukunft zerstört, ihr Hund, ihr geliebter Goethe!

»Also, eigentlich wollte ich dir nur erzählen, dass Mama jetzt mit Lars geht. Hat sie mir gestern erzählt und dabei so ein Flackern in den Augen gehabt. Sie hat ihn wohl beim Spazierengehen getroffen und er hat ihr sein Herz ausgeschüttet und Mama brachte es nicht über sich, ihm noch böse zu sein, und jetzt . . . Dabei hätte ich nie gedacht, dass sie gestern Abend noch das Haus verlassen würde, und dann geht sie einfach raus, als wäre nichts geschehen. Unglaublich!« Hannah setzte sich auf das Stühlchen vor dem Frisiertisch und starrte auf Lenas Haarschopf hinunter, die sich immer noch tief über ihre Schnipsel beugte und auf ihre Neuigkeiten überhaupt nicht reagierte. Wenn sie allerdings weiter so heulte, hatte sie in ein paar Minuten herrliches himmelblaues Pappmaschee und konnte eine tolle Bastelarbeit zaubern.

»War das dein Tagebuch? Scheint nicht gerade ein Glücksbringer zu sein, oder?« Lena schnaufte ärgerlich. Was bildete sich Hannah eigentlich ein! Von wegen kein Glücksbringer! Das Buch war das Glück schlechthin, wie man ja jetzt wieder an Lars und Hannahs Mama sehen konnte. »Ist doch nur ein Buch, Lena, kauf dir ein neues. Und wenn es wegen des Geschreibsels ist, da stand doch noch nicht so viel drin, oder? Es war ja so gut wie neu, du könntest einfach noch einmal anfangen.«

»Du verstehst das nicht«, jammerte Lena. »Es war ein Zauberbuch!« Ups, jetzt war es raus! Sie hatte sich und das Buch verraten, aber was machte das schon, es gab ja ohnehin kein Buch mehr.

Und wieder klingelte es im unpassendsten Moment. Obwohl Hannah die Tür sperrangelweit offen gelassen hatte und sowieso jedermann hier hereinspazieren und sich an Lenas Elend ergötzen konnte. »Was ist denn hier los?« Und warum klingelte Lars, der Banker, wenn er dann doch ungebeten in die Wohnung trabte?

»Goethe hat Lenas Tage. . . äh Zauberbuch gefressen«, erklärte Hannah ungerührt Lenas aufgelösten Zustand, denn Lena bohrte ihr Gesicht in ihre Fäuste und sah nicht so aus, als würde sie lange Ausführungen zu ihrem Zustand abgeben wollen.

»Ach du liebes bisschen, das ist natürlich schrecklich. Warum macht er denn so etwas? Hatte er Hunger?« Das war Hannahs Mutter, die hinter Lars aufgetaucht war und garantiert nie in ihrem Leben Haustiere gehabt hatte, sonst hätte sie gewusst, dass ein Hund auch nach drei Tagen ohne Futter ein Notizbuch noch von einem Stinkeknochen unterscheiden konnte.

»Nein«, schluchzte Lena, nicht nur als Antwort, sondern weil sie all diese Menschen nicht ertragen konnte. Sie heulte, weil Frau Zickert gesprochen hatte, als wäre Baby Lenas Kuschelhäschen aus dem fahrenden Zug gesprungen und nicht, als hätte eine ernst zu nehmende Person einen ernst zu nehmenden Verlust erlitten. Dabei war ihr Zauber-Notizbuch tatsächlich auf immer und ewig futsch!

»Vielleicht sollten wir Lena ein wenig alleine lassen«, schlug Frau Zickert jetzt vor, dem Himmel sei Dank. »Lars und ich nehmen Goethe mit und Hannah, du gehst am besten nach unten, fernsehen oder so.«

»Ich bleibe hier und stehe Lena bei«, verkündete die jedoch heldenhaft.

»Goethe . . . versteckt . . . findet niemand«, hauchte Lena matt über ihren Papierhaufen.

»Was sagst du?«, fragte Lars, der angesichts der aufgelösten Situation ein wenig überfordert wirkte. Lena wiederholte ihr Flüstern.

»Quatsch.« Er ging in den Flur, angelte sich die Leine vom Haken und schüttelte sie kräftig. Ein verheißungsvolles Klimpern ertönte und schon hing ihm Goethe gierig hechelnd in den Kniekehlen, denn es gab zwei Geräusche, denen er auf keinen Fall widerstehen konnte, dem Leinenrasseln und Fressnapfklappern. »Siehst du, ich kenn doch deinen Goethe. Wir nehmen ihn mal aus der Schusslinie, ja?« Und Lena heulte wieder auf, weil sie nicht nur nie wieder zaubern konnte, sondern ihr bester Freund einen ungeheueren Verrat begangen hatte und jetzt, in ihrer größten Not, nicht bei ihr sein würde, sondern mit wildfremden Menschen im Park herumtollen und keinen müden Hundegedanken an sie verschwenden würde.

»Ja, äh, tschüss dann.« Lars nahm eilig Frau Zickert am Arm und schob sie aus der Tür. »Komm, da kann keiner was machen, sie muss sich erst wieder beruhigen«, meinte er leise, dabei war es nur eine oberfaulige Ausrede, weil er in dieser Situation zu absolut nichts nutze war und das genau wusste. Aber es konnte ihr ja sowieso niemand helfen, ihr Notizbuch war dahin und der Wunderstift musste sein Dasein alleine fristen. Überhaupt, wo war der Stift? Hatte Goethe wenigstens den Stift verschont? Sieh an, sie konnte doch aufstehen! Hannah beobachtete mit hochgezogenen Augenbrauen, wie sie sich aufrappelte und erstaunlich schnell in ihr Zimmer stürzte, ging langsam hinterher und sah Lena zu, wie die hastig das Chaos durchwühlte. Nichts, kein Stift, dafür aber einige winzige himmelblaue Plastiksplitter. Sollte Goethe dem wunderbaren Stift mit einem knackigen Biss den Garaus gemacht haben? Dann gab es wirklich keine Hoffnung mehr. Sie sank auf ihr Bett, stopfte sich ihr Kopfkissen vor den Bauch und klammerte sich daran fest.

»Äh, fehlt noch etwas?«, erkundigte sich Hannah.

»Der Stift ist auch weg. Alles ist futsch«, wimmerte sie schwach in ihr Kissen.

»Bist du dir sicher, dass das nur Goethe war und kein Einbrecher?«, wollte Hannah wissen, bückte sich aber schon automatisch, um zerknülltes Papier einzusammeln.

»Ja.«

»Sonst müsste man ja die Polizei anrufen oder so.« Sie sah sich missbilligend um. »Wir sollten ein bisschen Ordnung machen.«

»Will aber nicht.« Lena fühlte sich schlapp und kraftlos. Sollte Hannah doch aufräumen.

»Drei weiße Zettel mit komischen Zeichen drauf, zwei abgebrochene oder durchgebissene Stifte, eine ziemlich zerknüllte Deutschklausur Note Zwei plus ohne Elternunterschrift, das Deckblatt für ein Geschichtsreferat mit Bissspuren und . . . oh, ein Slip in Pink und ein kleines Kosmetiktäschchen mit – ups.«

»Gibt her«, fauchte Lena ärgerlich. »Du kannst gerne aufräumen, aber bitte ohne Kommentare, ja?«

»Ein abgebissenes Stück der Schublade, zwei zersplitterte und zerkaute Holzteile, keine Ahnung woher, ein nasses Mäppchen, leer, da brauche ich Handschuhe für, zwei eklig angesabberte Haargummis . . .«, zählte Hannah ungerührt weiter auf und pfefferte die entsprechenden Teile in den Papierkorb. Manchmal knallte das ganz schön, bis Lena gequält aufschrie: »Aufhören!«

»... und viele Schnipselchen, Krümel und Haarbüschel von Goethe. Sag mal, wo ist denn euer Staubsauger? Ich glaube, wir saugen einfach alles ein und fertig.«

»Hoher Dielenschrank, letzte Tür links«, nuschelte Lena in ihr Kissen.

Hannah konnte auch zaubern. Zwar anders als das geheimnisvolle Notizbuch, aber zumindest so, dass ein Zimmer, das eben noch der Abwrackzone eines Schrottplatzes geglichen hatte, wieder bewohnbar und sogar gemütlich wurde. Abschließend wischte sie sich die zerzausten Haare aus dem Gesicht und rückte noch drei Stapel Papier und Hefte zurecht, die Lena sortieren sollte. Lauter belangloses Zeugs, das sie womöglich nie wieder benötigte, keine Spur vom Rest des Zauberbuches oder des Stiftes.

Das Bett gab ein wenig nach, als sich Hannah zu ihr setzte. »So«, machte sie nur und wartete. Aber worauf eigentlich?

Kapitel 16

*E*s war schon erstaunlich, aber nur wenige Minuten später begann Lenas Verstand, wieder halbwegs normal zu arbeiten, sie brachte einen abschließenden Seufzer zustande, richtete sich auf und setzte sich neben Hannah auf die Bettkante. »Ich wollte sowieso nie wieder etwas hineinschreiben«, versuchte sie sich laut zu trösten. »Immer geht alles schief, wenn ich etwas notiere, eigentlich wollte ich das ganze Buch wegwerfen, weißt du? Ich konnte mich nur nicht überwinden.«

»Aha.« Was sollte Hannah auch sonst sagen, sie ahnte ja noch immer nicht, was es mit dem Buch auf sich gehabt hatte. Lena seufzte. Vergangen und vergessen war das Notizbuch. Immerhin hatte Lena dadurch Hannah gefunden. Und Hannahs Mutter ging es hoffentlich auch besser, die hatte Lars gefunden, was immer daraus werden würde. Die Sache mit Paul, dem Arschgesicht, war ausgestanden. Und jetzt am Wochenende würde sie endlich zu Lilli fahren. Bei ihr gemütlich übernachten, bis weit nach Mitternacht schwatzen oder fernsehen und ihr am Sonntag um den Hals fallen, wenn sie das heiß ersehnte Turnier gewonnen hatte. Lilli und Bosco, die Springstars von morgen! Die Vorfreude regte sich in ihr und plötzlich konnte sie es gar nicht mehr aushalten bis zum Wochenende.

Ausgeheult, dachte Lena, es hat sich ausgeheult. Wie hatte sie Goethe auch nur eine Sekunde lang böse sein können? Der arme Kerl. Wer wusste schon, was Buch und Stift angestellt hatten. Wahrscheinlich hatte Goethe nur den gleißenden, lärmenden und beängstigenden Dingen ein Ende bereiten wollen, wie es sich für einen einigermaßen normalen Hund gehörte, der pflichtbewusst Heim und Hof verteidigt. Sie seufzte wieder. Ihr schönes Zauberbuch. Ach, ihr schöner Zauberstift.

»Bist du jetzt wieder ansprechbar?«, fragte Hannah hoffnungsvoll. Es war ganz klar, dass sie Lenas Zustand fragwürdig fand und ihr die normale Lena lieber war. »Ich kann dir sagen, solange nur Dinge verschwinden und dazu noch so unwichtige wie ein Notizbuch und ein Stift, dann ist alles nur halb so schlimm.« Den Rest, dass es nämlich im Gegensatz dazu sehr schlimm war, wenn geliebte Menschen einfach so verschwanden, den ließ sie offen, den brauchte sie nicht auszusprechen. Und Lena brauchte sich erst gar nicht der Hoffnung hinzugeben, dass irgendjemand, und sei es die beste Freundin außer Lilli, einen Nervenzusammenbruch wegen Notizbuchverlust verstehen würde.

»Und dann, was ist, wenn ich wieder ansprechbar bin?«

»Na ja, man könnte was unternehmen. Was Normales oder so.«

»Was Normales? Was soll denn das sein?«

»Musik hören. Wieder mal Eis essen gehen oder . . .« Sie legte eine Denkpause ein und wurde durch das Auftauchen von Lenas Mutter von weiteren normalen Vorschlägen enthoben.

»Hallo Schaahatz, ich bin da und habe Zeiheit!«, schallte es durch die Wohnung, bis ein »Wo bist du?« nachklang, ihre Zimmertür aufgestoßen wurde und Lenas Mutter verblüfft auf die unerwartete Szene starrte.

»Hannah – meine Mutter, meine Mutter – Hannah.« Lenas Mutter runzelte irritiert die Stirn. » Ich weiß, wer das ist, Lena. Hannah von ganz unten.«

»Hannah, meine beste Freundin hier.«

»Oh«, machte jetzt Lenas Mutter. »Habt ihr schon was vor? Ich dachte, wir gehen Eis essen oder so . . . und überhaupt, wo ist denn Goethe? Keiner hat mich begrüßt.« Vorwurfsvoll schaute sie sich um. Ihr Blick stolperte über die zertrümmerten Schubladen des Schreibtisches, wanderte über die Papierstapel, die sich auf ihm türmten, und blieb schließlich unverhältnismäßig lange am überfüllten Papierkorb hängen, bevor er sich messerscharf in Lenas verheultes Gesicht bohrte. Lena dankte Hannah innigst für ihr Aufräumen. Das hätte vielleicht ein Theater und unangenehme Fragen gegeben. »Gab es ein Problem?«, fragte ihre

Mutter schließlich. Es brauchte wirklich keine großartige mütterliche Leistung, um zu erkennen, dass es sich bei den Merkwürdigkeiten in Lenas Zimmer um die letzten, kleinen Rülpserchen einer ganz heftigen Katastrophe handeln musste. Selbst die Zimmerluft schien noch nervös zu flimmern oder lag das an den Staubkörnchen, die durch Hannahs Putzaktion aufgewirbelt worden waren?

»Och nee, ich habe nur den Schlüssel meines Schreibtischs verlegt und dringend was gesucht und dann gleich noch ausgemistet und . . . ich glaube, ich habe jetzt doch Heuschnupfen.«

»So? Und die Schubladen?«

»Die brauche ich nicht, ehrlich, nur Ballast drin.«

»Na ja, du hast Glück. Wir haben gerade neue Möbel fürs Büro bestellt, vielleicht fällt da ja was für dich ab, den Sperrmüllstil hier finde ich lernfeindlich und unpassend.«

»Wenn du meinst, Mama«, lenkte Lena artig ein. Langsam lichtete sich der Tränenschleier über ihren Augen, die Heulschwellung ging zurück und sie sah wieder klar. Mit einem kräftigen Ruck zog sie das letzte Taschentuch aus der Box neben dem Bett, schnäuzte sich kräftig und fühlte sich schon besser. Mamas Blick bohrte noch immer. »Und der Hund?«

»Ist mal wieder mit dem Banker unterwegs, er hat sich mit Hannahs Mutter angefreundet. Also, beide eigentlich, Lars und Goethe.«

»Ach, Frau Zickert – von ganz unten?«

»Frau Zickert, die Mutter von Hannah, meiner besten Freundin – neben Lilli.«

»Hm. Na gut, ich zieh mich mal um, heute braucht mich im Büro keiner mehr.« Sie verließ rückwärts das Zimmer, als befürchte sie, hinter ihrem Rücken könnten die Möbel anfangen zu tanzen. Aber der wirkliche Schrecken lauerte in ihrem Schlafzimmer. Ein spitzer Schrei ertönte. »Igitt, ich bin in einen Haufen feuchtes Papier getreten, was soll die Sauerei? Findet ihr das etwa lustig?«

Man konnte das eilige Tapsen von Barfußschritten auf dem Dielenboden hören, Wasser lief, ein Putzeimer wurde herausgerissen ... Sie betrieb einen ziemlichen Aufwand, um ein kleines Häufchen matschiges Pappmaschee vom Boden aufzusammeln. Lenas Mutter würde eine Weile beschäftigt sein und das Eis musste solange im Café auf sie warten. Lena und Hannah kicherten, bis Hannahs Kichern in ein Prusten überging. »Stell dir mal vor, dein Tagebuch wäre wirklich ein Zauberbuch gewesen, in dem alle Dinge, die man reinschreibt, wahr werden. Mensch, das wäre cool, oder? Also, ich hätte mir meine Mutter gesund geschrieben. Und ich hätte mir eine Freundin geschrieben, so eine wie dich. Was hättest du reingeschrieben, sag schon? Hättest du deine Eltern wieder zusammengeschrieben? Oder Goethe unsterblich gemacht?« Sie warf einen übermütigen Blick auf Lena, die mit kunstvoll verdrehten Augen auf dem Bett lag und an Lach-Bauchkrämpfen litt und sich überhaupt großartig zu amüsieren schien. »Niemals und noch mal niemals«, war alles, was sie keuchend hervorbrachte.

»Aber die Sache mit Paul, die war ziemlich ernst, die hätte ich so nicht geschrieben. Überhaupt, was der wohl macht?«

»Interessiert das irgendwen? Ich glaube, es geht ihm schon allein deswegen gut, weil er nicht mehr unter der Fuchtel seines Vaters steht. Vielleicht wird ja jetzt doch noch was Anständiges aus ihm.«

»Und diese Mädchen aus deiner Klasse, was ist mit denen?«

Oh, an die dachte Lena nicht gerne, es reichte schon, dass sie die beiden fast jeden Tag sehen musste. »Die sind immer noch oberbescheuert, aber die sind mir egal, echt. Ich lass sie in Ruhe und sie mich. Die halten ihre Hofsitzungen auch ohne Paul ab, nur Partys gibt es wohl so schnell nicht wieder, habe ich gehört.«

»Vielleicht komm ich doch an deine Schule. Mama meinte, wir könnten hierbleiben, trotz Ben und allem, und wenn ich mich ein bisschen anstrenge, dann schaffe ich das auch.«

»Ich weiß«, murmelte Lena. »Du kannst ein ganz schön harter Brocken sein, denkt man gar nicht, wenn man dich so sieht.«

»Gell?«, meinte Hannah zufrieden.

EPILOG

Schön ist es hier bei dir, Lena«, murmelte Lilli, die sich auf Lenas Bett fläzte. Sie hatten das Bettzeug und Lillis Übernachtungstasche schon zusammengepackt und warteten auf ihren Vater, der sie in wenigen Minuten abholen würde. Lena lag neben ihr und gemeinsam hörten sie die Wochencharts ihres Lieblingssenders und betrachteten die neuen Plakate, die sie an Lenas Zimmerwand angebracht hatten.

»Ja, ich weiß. Ich vermisse es zwar noch ganz schön oft, wie es draußen bei dir war, aber hier in der City ist es auch genial. Wir können jederzeit um die Häuser ziehen, ins Kino gehen, alles da. Sogar an den Park habe ich mich mittlerweile gewöhnt – und Goethe auch, glaube ich. Er hat da eine echt abgefahrene Hundelady kennengelernt. Jeder Tag ist verloren, an dem wir sie nicht treffen.«

»Und? Bist du Goethe noch böse? Vermisst du es?«

Lena kreuzte die Arme hinter dem Kopf und schniefte kurz. »Klar vermisse ich es. Jeden Tag hundertmal. Was hätte ich nicht noch alles klarstellen können. Jeden Tag denke ich, ach, hätte ich jetzt nur mein Buch, dann könnte ich was auch immer. Und jeden Tag sehe ich im Park die neuen Bäume oder hier, mein blauer Benjamini und Hannahs Mutter, der es wirklich richtig gut geht, seit sie mit ihrem Banker zusammen ist, der nur noch grinsend rumrennt. Und ich sag dir, mit der Zeit hätte ich es bestimmt herausgehabt und mir auch so ein paar Dinge gönnen können und würde auch nur noch grinsend herumlaufen. Aber auf Goethe sauer bin ich nicht, nee.«

»Weißt du was? Ich mach nicht weiter mit Bosco. Wir haben drei Turniere gewonnen und sind jetzt beide so was von fertig, da geht gar nichts mehr. Ich hab für nichts anderes mehr Zeit. Ich finde es schade, dass wir uns so wenig sehen. Jetzt weiß ich, was es heißt, erfolgreich zu sein. Mann, das Gefühl, wenn die Rosette ans Zaumzeug geheftet wird, der Pokal, die Ehrenrunde. Der Hammer, aber superanstrengend. Auf Dauer würden Bosco und ich kaputtgehen, er ist ja auch nicht der Jüngste. Da besuch ich dich lieber öfter hier und wir machen es uns nett, ja? Die Mädels haben eine Schuljahresendfeier geplant. Oder eine Sommerferienbegrüßungsparty, kann man nennen, wie man will. Du bist dabei, oder?«

»Klar, wenn's irgendwie geht«, meinte Lena. »Versteh ich auch mit Bosco. Trotzdem. Ich hätte Papa endlich mal seine Versprechungen wahr machen lassen, das mit dem gemeinsamen Ferien zum Beispiel. Dann hätte ich dafür gesorgt, dass Mom ihren großen Auftrag erhält, für den sie so viel gearbeitet hat. Ihre Kunden haben sich noch immer nicht entschieden und sie arbeitet sich dumm und dämlich dafür. Ja, und als Pfarrer Hering endlich das Geld für die Goldbarren erhalten hat, ich sag dir, der hat sich gefreut! Mensch, ich hab Bosco noch nicht einmal die große Box herbeigeschrieben, ich Treulose.«

»Ach, egal, der fühlt sich auch so wohl. Mach dir einfach keinen Kopf und freu dich an dem, was passiert ist.«

Durchdringendes Klingeln, gefolgt von aufgeregtem Bellen und schnellen Schritten beendete ihr gemütliches Plaudern. »Mein Vater«, stellte Lilli überflüssigerweise fest.

»Oder Hannah. Ist eigentlich ihre Zeit, Sonntagnachmittag kommt sie oft hoch.«

»Die ist wirklich in Ordnung. Hast du ein Glück, eine Freundin im Haus zu haben. Das ist noch viel besser als bei Louisa und mir, da sind zwei Doppelhäuser dazwischen.«

»Lena, Lilli, kommt ihr bitte?«, rief in diesem Moment Lenas Mutter und klopfte an Lenas Zimmertür. »Lilli, dein Vater ist hier. So, wie ich euch kenne, klemmt ihr sowieso heute Abend wieder am Computer, oder?«

»Geht klar, Lilli, oder?«

»Logo.«

Stefanie Dörr

Majas total verdrehte Welt

Nichts wünscht Maja sich sehnlicher, als endlich ihr durchschnittliches Teenager-Leben wiederzubekommen. Ein Leben ohne Mitu, die sich in alles einmischt und Majas Alltag völlig auf den Kopf stellt. Mitu, die einfach nie das macht, was Maja will, die eines Tages einfach aufgetaucht ist und nicht mehr verschwinden will. Mitu, Majas zum Leben erwachtes Spiegelbild.

Arena
248 Seiten • Klappenbroschur
ISBN 978-3-401-50339-4
www.arena-verlag.de